HUMANITIES AND SOCIETY

形象与象征

Mircea Eliade

[罗马尼亚] 米尔恰·伊利亚德 著 沈珂 译

译林出版社

图书在版编目（CIP）数据

形象与象征/（罗）米尔恰·伊利亚德著；沈珂译．—南京：译林出版社，2022.4

（人文与社会译丛/刘东主编）

ISBN 978-7-5447-9068-0

Ⅰ.①形…　Ⅱ.①米…　②沈…　Ⅲ.①象征主义-研究　Ⅳ.①I109.9

中国版本图书馆CIP数据核字（2022）第 023112 号

著作权合同登记号　图字：10-2018-420 号

形象与象征　［罗马尼亚］米尔恰·伊利亚德 / 著　沈珂 / 译

责任编辑　张海波
特约编辑　陈秋实
装帧设计　胡　苨
校　　对　戴小娥
责任印制　单　莉

原文出版　Éditions Gallimard, 1952
出版发行　译林出版社
地　　址　南京市湖南路 1 号 A 楼
邮　　箱　yilin@yilin.com
网　　址　www.yilin.com
市场热线　025-86633278
排　　版　南京展望文化发展有限公司
印　　刷　江苏凤凰通达印刷有限公司
开　　本　880 毫米 × 1230 毫米　1/32
印　　张　7.25
插　　页　2
版　　次　2022 年 4 月第 1 版
印　　次　2022 年 4 月第 1 次印刷
书　　号　ISBN 978-7-5447-9068-0
定　　价　48.00 元

主编的话

刘 东

总算不负几年来的苦心——该为这套书写篇短序了。

此项翻译工程的缘起，先要追溯到自己内心的某些变化。虽说越来越惯于乡间的生活，每天只打一两通电话，但这种离群索居并不意味着我已修炼到了出家遁世的地步。毋宁说，坚守沉默少语的状态，倒是为了咬定问题不放，而且在当下的世道中，若还有哪路学说能引我出神，就不能只是玄妙得叫人着魔，还要有助于思入所属的社群。如此嘈嘈切切鼓荡难平的心气，或不免受了世事的恶刺激，不过也恰是这道底线，帮我部分摆脱了中西"精神分裂症"——至少我可以倚仗着中国文化的本根，去参验外缘的社会学说了，既然儒学作为一种本真的心向，正是要从对现世生活的终极肯定出发，把人间问题当成全部灵感的源头。

不宁惟是，这种从人文思入社会的诉求，还同国际学界的发展不期相合。擅长把捉非确定性问题的哲学，看来有点走出自我囿闭的低潮，而这又跟它把焦点对准了社会不无关系。现行通则的加速崩解和相互证伪，使得就算今后仍有普适的基准可言，也要有待于更加透辟的思力，正是在文明的此一根基处，批判的事业又有了用武之地。由此就决定了，尽管同在关注世俗的事务与规则，但跟既定框架内的策论不同，真正体现出人文关怀的社会学说，决不会是医头医脚式的小修小补，而必须以激进亢奋的姿态，去怀疑、颠覆和重估全部的价值预设。有意思的是，也许再没有哪个时代，会有这么多书生想要焕发制度智慧，这既凸显了文明的深层危机，又表达了超越的不竭潜力。

于是自然就想到翻译——把这些制度智慧引进汉语世界来。需要说明的是，尽管此类翻译向称严肃的学业，无论编者、译者还是读者，都会因其理论色彩和语言风格而备尝艰涩，但该工程却绝非寻常意义上的“纯学术”。此中辩谈的话题和学理，将会贴近我们的伦常日用，渗入我们的表象世界，改铸我们的公民文化，根本不容任何学院人垄断。同样，尽管这些选题大多分量厚重，且多为国外学府指定的必读书，也不必将其标榜为“新经典”。此类方生方成的思想实验，仍要应付尖刻的批判围攻，保持着知识创化时的紧张度，尚没有资格被当成享受保护的“老残遗产”。所以说白了：除非来此对话者早已功力尽失，这里就只有激活思想的马刺。

主持此类工程之烦难，足以让任何聪明人望而却步，大约也惟有愚钝如我者，才会在十年苦熬之余再作冯妇。然则晨钟暮鼓黄卷青灯中，毕竟尚有历代的高僧暗中相伴，他们和我声应气求，不甘心被宿命贬低为人类的亚种，遂把移译工作当成了日常功课，要以艰难的咀嚼咬穿文化的篱笆。师法着这些先烈，当初酝酿这套丛书时，我曾在哈佛费正清中心放胆讲道：“在作者、编者和读者间初步形成的这种‘良性循环’景象，作为整个社会多元分化进程的缩影，偏巧正跟我们的国运连在一起，如果我们至少眼下尚无理由否认，今后中国历史的主要变因之一，仍然在于大陆知识阶层的一念之中，那么我们就总还有权想象，在孔老夫子的故乡，中华民族其实就靠这么写着读着，而默默修持着自己的心念，而默默挑战着自身的极限！”惟愿认同此道者日众，则华夏一族虽历经劫难，终不致因我辈而沦为文化小国。

一九九九年六月于京郊溪翁庄

谨以此书纪念我的父亲

格奥尔基·伊利亚德

1870—1951

目　录

序　言

对伊利亚德来说，构思此书只需在自己众多已发表或未发表的相关观点中择其一二，事实上象征主义这一主题在宗教思想界，乃至在整个思想界都蔚然成风。19 世纪初，比较研究的集大成者们更倾向于去修补原先对象征的认识，而不是去探索新的可能性，但其实他们对象征这一概念本身理解得并不十分透彻。难道象征就是原始的克里特人在墙上画着的如在空中翱翔的双翅盾牌？难道象征就是在罗马人国王的官邸里震颤的那支长矛？我们看到的只是盾牌、斧头、长矛，却根本没有注意它们背后对狩猎用具和武器的崇拜。斯巴达人不是将两根平行的大梁称作双子（Dioscure）吗？因此“真正的”崇拜“起初”只是对大梁的崇拜，“后来”经改变和利用，成了被赋予人形的“神圣”概念。不止如此，要是再夸张一点说，那就是另一层意思：若是将对宗教和象征的认识与预算、支出进行类比的话，那么就是预算在不断减少，但支出在不断增长。伊利亚德则平衡好了两者的关系，归根结底是因为他掌握了丰富的文献学资料。他的论著并不是在建构理论，而是在描述观察。

书中讨论的两大主题其实是象征主义最基本的表现形式，并且存在于所有的意识形态中：一个是中心，包括天顶这一三维中的变体，因为有中心，才能对社会中的不同阶层、不同价值进行有序合理的划分；另一个是绳索（联系），伊利亚德首先将这一概念解释为构成每一个生命错综复杂的关系，包括生理上的和精神上的。而后通过大量的实例描述，尤其是植根于具体语境的实例，作者生动地展示了由这两大主题而生的丰富变化，但万变不离其宗。论述浩瀚的古印度时间概念——有限的时间，若我们可以这么说的话——时，伊利亚德为我们提供了最佳的文献学范例：kâla 这个词既可以指瞬间，也可以指无限或者轮回的持续的时间，如命运、死亡；这里的时间既是划定的范围也是其中的内容，既是"天神的神性"这一概念，也指拥有这种神性的人。时间概念是一种绝佳的试剂，可以反映出各大思潮的走向。这里的每一个章节资料翔实，以最有效的方式探索并厘清所提出的问题。关于贝类的象征的论述，表面上看较为特别，但其实呈现在读者面前的是一种宗教想象，它的出发点不再是用多种具象包裹的概念，而是与多种概念相关联的实在的要素；因此，一系列的类比不再有明确的关系：好似那些跑龙套的演员。最后一章"象征与历史"主要以西方盛行的重要宗教为参照，简要阐述了为何本书以及所有伊利亚德的著作并不是纯粹的思想碰撞,而是为作为个体的人和群体的人提供了一个支点,靠着这个支点,他们可以在自身的经历中使自己的思想达到稳定与平静的状态。

我唯希望这简要的序言能帮助读者对我们同时代中最独到的研究之一窥见一二,相信在阅读过程中读者能感受到字里行间流露出的文采与诗意,因为此书作者首先而且始终是一位作家、一位诗人。

乔治·杜梅吉尔

前　言

象征主义的重新发现

思想界掀起的精神分析狂潮,使其中的几个关键词也受到了极大关注:形象、象征、象征主义,这些字眼犹如货币一样,成了日常生活的一部分。而关于"原始心理"的系统性研究,也证实了象征主义对古老思想的重要性以及它在传统社会生活中起到的根本性作用。哲学中对"唯科学主义"的超越、"一战"后重燃的宗教热忱、超现实主义的诸多诗学体验,尤其是超现实主义研究(包括对神秘主义、黑色文学、荒诞主义等的重新发现),这些都在不同领域、通过形形色色的方式吸引着大众的注意,并引导他们将符号视为知识的独立表现形式。这一过程体现了19世纪反理性主义、实证主义和唯科学主义的一部分,也足以勾勒出20世纪第二个二十五年的特征。然而,这一具有多重象征意义的转变并不是全新的"发现”,也不是属于现代社会的成就:象征主义只是通过重新定义“承载知识的符号”这一角色,重新回到直至18世纪依然蔚然成风的欧洲传统思维的轨道上,并显见于欧洲以外的其他文化中,包括那些具有“悠久历史”的文化(如亚洲、中美洲),以及古老的或是“原始”的文化。

不难发现,象征主义充斥西欧的时候,恰逢亚洲开始登上历史舞台;而孙中山领导的辛亥革命的爆发使亚洲在历史舞台上愈来愈活跃;同时,种族主义群体也摆脱小打小闹、若隐若现(大洋洲人、非洲人同样如此),从未真正进入过伟大历史(l'Histoire Majeure)的状态,如今也正积极地孕育和发展,并逐渐成为当下世界的重要洪流。“异域”国家或是“古老”世界正经历历史性的崛起,这与象征思潮在欧洲的再一次盛行并不存在因果关系。不过两者在时间上的重合确实非常有意思;我们不禁要问,为何崇尚实证主义和唯物主义的19世纪欧洲会允许人们与“异域”文化进行精神的对话,况且这些异域文化无一例外地都不推崇经验主义或实证主义的思维模式。因此,我们有理由希望,在面对这些被异域文化用来代表、传递和延续他们观念的形象和符号时,欧洲不会陷入瘫痪。令人惊讶的是,在所有的现代欧洲宗教思想中,只有两种思想**真正**吸引过欧洲以外的世界的关注,那就是基督教和共产主义。这两种思想表现形式不同,甚至出现在截然相反的领域，但都是关于救恩、灵魂救赎的学说，并将“符号”“神话”在欧洲以外的社会提升到前所未有的高度。

我们可以这样说，时间上的巧合使西欧重新意识到符号的认知价值，而这恰恰发生在符号不再是“创造历史”的唯一工具的时刻，发生在欧洲文化不得不与异于自身知识体系和价值观念的文化共存的时刻，除非它将自己封闭在日渐枯竭的乡土氛围中。因此，所有与非理性、无意识、象征主义、诗学体验、异域的非意象艺术等相关而相继出现的研究成果和思想浪潮，都使欧洲能够更直观、更深刻地理解欧洲以外的社会准则，也更有助于欧洲与非欧洲民族的对话。要想评估近三十年来人种学所取得的长足进步，我们不妨回想一下 19 世纪人种志学者面对“研究对象”以及调查结果所表现出来的态度。我们这个时代的人种学家已经完全明白象征主义对早期思想的重要性，包括其固有的严谨性、合理性，其思辨的大胆以及其“层次之高”。

不过，还是值得庆幸。如今我们正在尝试着去理解 19 世纪的人连想都不会想的一个问题：符号、神话、形象都是精神生活的实体，可以被掩盖、被消解、被摧毁，但永远无法被根除。我们确实应该好好研究一下流传于整个 19 世纪的重要神话能经久不衰的原因。或许我们会了解，在本身微不足道又易于被人忽视而被迫不断易帜的情况下，符号、神话或是形象如何仰仗文学而免遭被雪藏的命运。[1] 因此,“伊甸园”的神话能够一直流传至今,尽管在形式上它已经变成了“海洋乐园”;150 年来,几乎所有的大文豪都会争先恐后地对大洋(Grand Océan)上的天堂小岛极尽赞美之能事,将这些小岛描绘成一个个极乐世界。然而现实却恰恰相反:“平淡无奇的风景、不利于健康的气候、丑陋肥硕的女人,等等。”将这样的场景置于任何一处地理的“现实”中,都屡试不爽。客观的现实与“海洋乐园”风马牛不相及:所谓的乐园只是理论层面的,是在接受了经实证主义和唯科学主义锻造后的各种乐园意象之后进行的模拟和再改造。克里斯托弗·哥伦布一直信奉的伊甸园(他自己也没想到会发现伊甸园!)成了 19 世纪的一座海岛,但它在人类心理构建中的作用从未改变:在“岛”上,在“伊甸园”里,存在是独立于时间和历史而延续着的;人是快乐的、自由的、无拘无束的;男人不必为了生计而劳作;女人都美若天仙,永远那么年轻,没有任何“规矩”去束缚他们的情感。在那遥远的小岛上,裸露被重新赋予了形而上学的含义:那是完人的状态,堕落之前的亚当的状态。[2] 地理上的“现实”揭开了天堂景象的真实面目,丑陋肥硕的女人们走

① 能揭示 19 世纪小说真正的精神价值,是多么令人激动的举动!尽管 19 世纪的小说在“形式上”都打下了科学的、现实的、社会的印记,却曾经积蓄了最大数量的神话!

② 我们曾就 19 世纪最伟大的诗人之一米哈伊·爱明内斯库(Mihai Eminescu)的作品做过研究,特别分析了他诗作中岛和裸露的象征意义,参见笔者:《尤特纳西岛》(*Insula lui Euthanasius*),布加勒斯特,1943 年,pp.5—18。

在所有游客的最前头：人们却不知道，其实每个人只看到自己想看到的那个形象。

象征主义与精神分析

形象思维并非孩童、诗人、精神失常者的专利，它是与人类同体的：它先于言语和逻辑推理而存在。符号反映了现实的某些方面——最深层的方面——这是任何其他获取知识的手段都难以企及的。形象、符号、神话并非一些与心理无关的字眼，它们满足了某种需要也完成了一定的使命：揭露最隐秘的存在形态。而且，关于这方面的研究可以使我们更清楚地了解人，“纯粹意义上”的人，那个尚未被历史条件塑造的人。每一个历史性的存在本身构成了先于伟大历史的人类的一部分。诚然，这是我们从未忘却的，即使在实证主义以最冷酷的面目盛行的时候：有谁能比实证主义者更清楚地知道，人即“动物”，人与他的“动物兄弟们”一样，受着本能冲动的支配和控制？这一准确但片面的判断，当时却成了唯一有参考价值的观点。如今，我们开始意识到，每一个人那历史没有被记载的部分都不会如19世纪的人们所认为的那样，迷失在兽性的支配中，或者更彻底地说，迷失在尘世中；恰恰相反，它会转变、**升华**、超越自身：这一没有被历史记载的部分如同一枚勋章那样，刻着存在过程中最丰富、最完整的记忆,甚至带着赐福的意味。若一个受历史支配的人,比如说现在的欧洲人,任由自己被自身非历史的那部分控制(这样的状况发生在他身上,远比他能想象的要更频繁、更突然),这并不一定是倒退到人的动物性的阶段,也不是重新回到有机生命最初的源头:有多少次,他想通过形象、符号,重返那个原始人的极乐世界(无论这是多么具体的存在;所谓的"原始人"似乎就是一个永远不可能在任何一种人类存在形态中"实现"的原型)。撇开自身的历史性,人不会丢弃自己作为人的特质,在"动物性"中迷失自我;他找回自己的语言,甚至找回"失乐园"的经历。梦、那些清醒梦、乡愁之意象、欲望之意象、热情之意象等,这些都是不竭的力量,将受历史制约的人置于一个无限丰富的精神世界,而不是某个"历史时刻"的封闭空间。

如同超现实主义者们所说,所有人都可以成为诗人:只要学会让自己依赖自动写作即可。这一诗学技巧可以在心理学理论中找到完美的存在理由。我们称之为"无意识"的东西远远比有意识的生命更加"诗意"——或许还应该加上,更加"富有哲理",更加"神秘"。有时,我们并不是非要了解神话学才能对那些伟大的神话故事感同身受。心理学家们非常清楚这一点,他们在"清醒梦"以及病人的梦境中找到了最美妙的神话。因为无意识并不一定与魔鬼联系在一起:上帝、女神、英雄、仙女也可以出现在无意识中;况且,无意识中的魔鬼同样具有神话色彩，他们与在其他神话故事中所扮演的角色如出一辙：总之是为了帮助人释放自我，实现自己的初衷。

弗洛伊德和他那些最正统的弟子，他们粗鲁的论断常常会刺激到善于思考的读者。其实，他们的论断之所以被认为粗鲁，是因为人们对这些论断的误解：让人气愤的并不是其中的性欲，而是弗洛伊德建立在“纯洁性欲”之上的思想。他痴迷于自己所肩负的使命——自认为是“大启蒙家”，而其实他只是“实证论的终结者”；他没有意识到，性欲从未“纯洁”过，性欲无时不在、无处不在，是多功能的，而其首要的或者说最高的价值便是其宇宙效应；他也不知道，用与性有关的词来阐释精神状况不是侮辱人，因为除了现代社会以外，无论何时何地，性欲一直都是神圣的，而性行为也是一种整体的行为（因此，**也是**求知的方式）。

男孩对于母亲的依恋，以及由此推断出的俄狄浦斯情结，只有被一五一十地描述出来，才会让人瞠目结舌，而不是像在很多情况下，**作为形象**加以呈现。因为唯一真实的是母亲形象，而非像弗洛伊德暗示的那样，与某位母亲有关。是，也**只能是母亲形象**才能揭示真相，揭示其对于宇宙学、人类学、心理学[①]的作用。用具体的词来“描述”形象，是一项有着多重意义的工作：这些

① 这是荣格最大的贡献，他**从心理学本身出发**重构了形象的精神意义，因此也是对弗洛伊德精神分析的一种超越。

形象囊括了所有弗洛伊德业已澄清的对于“具象”的影射，然而这些影射通过“具象”的参照物所试图表达的真实并不会被完全揭露出来。形象之源，同样也是一个无缘由的问题：就好似我们对数学“真理”抱有疑惑，却假借这样一种说辞，即几何学的“历史性发现”源自埃及人在三角洲挖渠开道的工程。

从哲学上来讲，这些形象的“源头”和“如实表达”的问题都是毫无根据的。但需要注意的是，从现时和“具体”的层面加以阐释的恋母情结——或者是占有母亲的欲望——**也只是对母亲的依恋，别无其他情感**。相反，若我们将恋母情结当作母亲形象加以考察，这种欲望就暗含了许多内容，那是一种重新找回尚未“成形”的生命物质的欲望，包括各种类型的物质，有宇宙论的、人类学的，等等；是“物质”之于“精神”的吸引力，是对最初一体性的怀念，因而是消解对立和矛盾的欲望。但是，正如我们在前文中所说并会在之后的篇章中继续探讨的，不同的形象由于结构各异，价值也是**多重的**。我们之所以可以用形象来理解事物最本质的内容，只是因为这一本质呈现的方式具有矛盾性，因此无法通过概念来加以描述。（我们都知道，无论在东方还是西方，无数神学和玄学都试图用概念去阐明**对立统一**，却都陷入了绝境，而形象和象征却能轻而易举地并且充分准确地对它进行描述。）因此，形象本身，作为意义组，是**真实的**，并不是**诸多意义的其中之一**，或者是**众多参照面的其中之一**。用具体的术语解读一种形象，将它简化为其中的一个参照面，这比歪曲它更可怕，是在剥夺和消解它作为认识工具的作用。

我们同时注意到，在某些情况下，精神分析是将形象置于单一的参照面，即“具象”上；但这已经证明心理上的失衡。当然，也许还有一些情况是，母亲形象只是对其亲生母亲乱伦欲望的表达；但是，精神分析学家们也一致认为，在对这一符号进行肉欲性阐释的背后，存在着一种精神危机。甚至从形象的辩证层面上来分析，任何极端化、简单化的理解都是非常荒谬的。宗教史上不乏用单一而荒谬的方式来阐释象征的事例。我们似乎难以找到一个大型的宗教符号，其存在的轨迹只是一系列用无数“衰落”构成的悲剧。任何一种可怕的异端邪说、昏天黑地的狂欢、宗教的残酷、疯癫、荒诞，或者为宗教痴迷的癫狂，都不可能通过对宏大的象征主义的解读①来证明其“合理性”，甚至可能自出现之初就是不合理的，更何况，这样的解读往往是**片面和不完整的**。

形象的永恒

其实我们无须借助精神分析或是超现实主义提倡的自动写

① 参见笔者：《宗教历史论著》(*Traité d'Histoire des Religions*, pp.304 *sq. et passim*)。

作技巧来证明现代世俗人的潜意识中存在大量的神话，或者我们每个个体身上存在着一种比“有意识的”生命更重要的精神价值。同样的，我们也无须用诗人或者病态的心理现象来确认形象和象征的现实存在及其巨大的作用。即使最卑微的生命体也充斥着象征，最“现实”的人也依赖形象而生。我们必须重申，象征永远存在于心理的**现实性**之中：其呈现的面貌有所不同，功能却始终如一。我们只需揭开它不断变换的面纱罢了。而这一观点，在之后的论述中将被反复证明。

最为人所不齿的“怀旧之情”便是“对天堂的思念”。与“海洋天堂”相关的形象不断地出现在文字和电影作品中（不是有人说电影就是“梦工厂”吗？）。任何一种音乐，即使是最粗俗的情歌，其中瞬间释放的形象都可以当作分析的蓝本。我们不难发现，这些形象无一不在述说着一种思乡之情，即怀念已经固化为典型的神话般的过去。除了对岁月匆匆的遗憾之外，这一“过去”还承载着无限的意蕴：它表达了所有本应该存在而并未存在的、所有生命体**在**生命消失之前所感受到的忧伤，对不能生活在情歌所描绘的那种时空中的遗憾（无论身处何时何地，都是如此：“美好的旧时光”、巴拉莱卡琴声缭绕的俄罗斯、浪漫的东方、电影业发达的海地、美国的百万富翁、异域的王子等）；总而言之，便是渴望与当下**完全不同的**东西，更确切地说，无法拥有或失而不复得的东西便是天堂。

最关键的是，“思念天堂”的形象总能表达出抱着思乡之情的主体所不能言说的内容。而且大多数人甚至无法将这些形象描述出来：这并不意味着他们在智力上不及其他人，而是因为他们不够重视所操的这门分析性语言。然而事实是，这些形象远比一门分析性语言更能有效、真实地贴近人类。倘若人与人之间确实存在着某种一致性，那么只有通过形象，这一一致性才能被感知、被证实（我们不说是潜意识，因为无法证明是否还存在着一种超意识）。

人们一般不会特别留意这些所谓的“思乡之情”，而只是想从中找出一些无意义的心理碎片：最多只是承认这些思乡之情可能会吸引一些专门考察逃避心理不同表现的研究。但是，思乡之情往往不是无意义的，有时它会承载与人的处境相关的各种意义；因此，不仅哲学家对此感兴趣，神学家也同样如此。只是也有人不把思乡之情当回事儿，甚至认为它是“毫无价值的”：突然用一段手风琴的音乐来塑造失乐园的形象，这完全是与我们的研究不相关的音乐主题。那是因为他们不知道，其实现代世俗人的生活中充斥着逐渐被遗忘的神话、下了神坛的显圣物、被弃而不用的象征。现代世俗人的不断去神圣化改变了其精神生活的内容，但并没有改变他想象的模型：所有有关神话的残渣碎片都可以在管制松散的地区存活下来。

此外，现代世俗人意识中最“高尚”的部分其实并没有我们一般认知的那样是“精神的”。人们很容易便能在意识的这一“高尚的”“高级的”区域中发现一些依稀在书本上学到过的内容,如多方面的偏见(宗教的、道德的、社会的、美学的,等等)、对“生命的意义”“终极现实”等词的固有认识。因此,诸如失乐园的神话、完人的形象、女人的奥秘、爱情的谜团会何去何从这一类问题,我们很难从中找到答案。失乐园、完人等等所有这些,还包括其他一些事物——无论它们如何被世俗化、被贬损、被歪曲——都显现在最朴实无华的生命体的半意识流中:清醒梦中、多愁善感中、意识“放空”状态下的天马行空中(在街上,在地铁上,或在其他地方)、各种各样的娱乐消遣中。只是,我们再次强调,神话这一瑰宝已经被“世俗化”和“现代化”了。一些赤裸裸地影射了性现实的形象到底发生了怎样的变化?正如弗洛伊德指出的那样,这些形象只是“形式”上发生了改变而已。为了能更好地留存下来,这些形象变得更加“通俗”。

然而形象的作用并不会因此减弱,因为一旦形象走下神坛,便会促使现代世俗人的内心世界开始改变。我们认为,最重要的是,将暗藏在现代世俗人最“平淡无奇”的生命中的神话,或者是神学,挖掘出来:这仰仗于现代人自己不随波逐流,重新发掘那些被贬损的形象和被世俗化的神话的内在意义。不要以为这些残渣碎片与现代世俗人毫无关系,它们只不过是被整个 19 世纪清算清楚的“迷信的过去”,只是一些会让诗人、孩子和朝九晚五的上班族慢慢厌倦的形象和思乡之情。严肃的人一直在思考历史和“创造历史”：事实上，“生命的严肃性”与“异想天开”不可能被完全割裂开。现代世俗人当然可以贬低神话学和神学的价值，但他会继续从被贬损的形象和被世俗化的神话中汲取营养。当今世界最可怕的历史性危机，即第二次世界大战以及战争期间与战后所产生的一系列影响，已经足以向我们证明，根除神话和象征全然是妄想。即使处于最绝望的“历史情境”中（在斯大林格勒的战壕中，在纳粹和苏联的集中营里），不论男女，人人都在吟唱情歌、聆听故事（他们甚至宁可用已经少得可怜的一部分食物来换取这样的机会）；他们听的故事无非是神话的重述，唱的情歌也满怀“思乡之情”。人内心的这一部分，是本质的、永久性的，可以称之为**想象的**。浸润在象征长河中的**想象**，它会使古老的神学和神话继续留存下去。①

我们认为，现代世俗人需要“唤醒”自身内在的形象这一无价之宝；唤起这些形象，想想它们最原初的样子，领会它们想要传达的信息。民间智慧已无数次地强调过，想象对于个体的生

① 参见加斯东·巴什拉（Gaston Bachelard）关于“物质的想象”的著作：《火，水和梦，空气和梦，大地和梦之精神分析》（*La psychanalyse du Feu, l'Eau et les Rêves, L'Air et les Songes, La Terre et les Rêveries*, 2 vol. Paris, 1939—1948）。文中的分析十分中肯，引人深思。巴什拉的研究主要建立在诗歌和梦的基础上，并穿插一些民间传说；而梦与诗学形象会延长神性的象征和古老的神话的生命，这一点是很容易被论证的。水和大地的形象，常常出现在梦和文学作品中，这可以参见我们之前的研究《宗教历史论著》中论述显圣物和水、大地的象征的章节（*Traité d'Histoire des Religions*, pp. 168 *sq.*, 211 *sq.*）。

理健康，或是内心世界的平和与富足都至关重要。在某些现代语言中，人们常常会将“缺乏想象力”的人描绘成狭隘的、平庸的、悲惨的、不幸的可怜之人。诸如荣格这样数一数二的心理学家都曾指出，现代社会的悲剧与心理上的严重失衡如何密切相关，包括个体心理和集体心理，其中想象力的愈加匮乏成为主导因素之一。“具有想象力”，这就是说拥有丰富的内心世界和源源不断地、自发地涌现出的无数形象。但是这里的自发并不是说随意地胡编乱造。从词源学的角度来说，imagination（想象）与 imago（名词，再现、模仿）和 imitor（模仿、再生）相关。可见，词源学的追溯不仅回应了心理学的客观现实，也印证了个体心理的真实情况。想象对具有典型意义的范式，即形象，进行**模仿**，并不断地复制、修正、反复讲述。具有想象力，便是能洞察世界的大局，因为**呈现**一切与观念相悖的东西是形象能够做到也必须做到的事情。至此，我们便能解释一个“缺乏想象力”的人的不幸与灾难：他同生活与自己灵魂的深层现实相隔绝。

厘清这些事实旨在阐明，有关象征符号的研究并不是一门博大精深的学问，至少间接地来看，这是一项关于人如何认识自身的研究；简要地说，就是与新人文主义、新人类学相关。或许，进行这样一项象征符号的研究必须进行跨学科的合作才有价值。文艺美学、心理学、哲学、人类学都无法绕过宗教史学、人种学、民俗学的研究成果。此书的出版，正是希望对心理学家和文学批评家有所启发。宗教史家也许比任何其他领域的学者都更有能力推进对象征符号的认识：他所掌握的资料相较于心理学家和文学批评家都更全面、更系统，并直接指向象征思想的起源。正是在宗教史学中，我们找到了“原型”，而心理学家和文学批评家只不过是在与之相近的一些概念中打转。

全书结构

本书的前四章是在不同时期完成的，针对的人群也不尽相同。[①] 第一章和第二章的注释较少，论证材料大多已经公开发表，要么是我们的前期成果，要么是其他研究者的成果。而第三章和第四章则有所不同，注释和参考文献较多。其中引用的资料，除我们所作的阐述外，本身都可以成为有意思的论题另外专门加以论述。最后一章，也是全书的结论，我们还附上精简过的参考书目[*]。本书的论题包罗万象，其论证难以做到既丝丝入扣又高度简练。

除最后一章外，其他一些研究并不是为了成书而写成，我们

① 第四章写于1938年(*Zalmoxis*, II, pp.131 *sq.*)，第三章写于1946年，参见《宗教历史杂志》(*Revue de l'Histoire des Religions*, t. CXXXIV, juillet-décembre, 1947—1948, pp.5 *sq.*)。第一章和第二章的内容是综合了阿斯科纳会议的发言和刊于《心理学杂志》(*Journal de Psychologie*)上的一篇文章。

* 除了书中脚注，原书并未列出单独的参考书目。——编者注

原本只是为了回答一个问题并只围绕问题本身,即宗教象征的构成。每一个章节介绍一种象征或是一个系列的象征符号,即使构建这些符号的方式千差万别也无所谓。第一章以比较概括的方式讨论"中心"的象征,但不考虑"历史"的错综复杂性,这也是我们前期研究成果的延伸。第一章的第一节提出了将象征符号作为一个整体进行研究是否合理这一问题,并勾勒出心理学与宗教史学之间的联系。

第二章分析了时间和"逃离时间"在同一文化场域内(古印度)的象征。第三章从两个互为补充的角度讨论结的象征,主要以印欧古代文明为例,同时借鉴乔治·杜梅吉尔的研究,试图与其他古代文明的象征进行比较。在这一章中,我们将分别从历史调查与形态学的角度分析两者的优势与局限,以此更有效地证明相继运用这两种互补的研究方法是完全必要的。第四章主要针对一系列相关的象征符号(如月亮-水-生育能力),我们试图对其进行形态学的描述,以厘清象征符号的结构。最后一章重述了从不同角度进行的研究所获得的结果,旨在对法术宗教的象征作一个全面系统的描述。

心理学家也许只关注第一、第二章和最后一章。普通的读者也许会匆匆浏览,跳过第三、第四章的分析和注释。但没有这些注释是不合理的。关于象征的研究,最危险的便是不加分析的一概而论。仅仅满足于眼前的一些刚刚到手的资料,便对象征符号妄作“普遍性”的阐释,这显然游离于真正的象征研究之外。我们在研究过程中,都会对象征符号作出至少两种乃至两种以上的分析,以强调物与物之间其实存在着诸多细微的差别,但又有着复杂的内在联系。此外,我们也希望本书中较为丰富的研究资料在必要时能为心理学家、文学评论家,甚至哲学家的相关研究所用。心理学家和文学评论家的研究著作中常常会出现一些不足的,坦白说甚至是错误的宗教史学方面的文献资料,被他们当作理论依据的文献往往只不过是一些完全没有批判意识的外行人,或是闭门造车的“理论家”①写的东西。这些非专家学者会义正词严地回应,声称他们不在人种学家和宗教史家之列,既没有财力也没有精力去完成长时间的研究,这些因素迫使他们不得不参考手边仅有的那几本“总论性”的著作。大多

① 弗洛伊德认为可以在最初的弑父原型俄狄浦斯情结中找到宗教的“起源”,这一具有宗教意义的弑父行为在“图腾祭祀”中被反复讲述。他于1911—1912年构建的理论运用了阿特金森的“最初的乌合之众”假说以及罗宾逊-史密斯的“图腾祭品-圣体”的假说,这一理论也得到了诸多精神分析学家的认同。而正当弗洛伊德开始对宗教情感做出解释,并自认为找到了宗教的“起源”的时候,以上两种假说却遭遇了人种学家和宗教史家们的质疑。虽然弗洛伊德读过弗雷泽的著作,也知道弗雷泽研究得出的结论,即图腾作为社会宗教现象的**非普遍性**(许多“原始”部落都不清楚图腾是一种社会宗教现象)以及“图腾祭品-圣体”的**极度稀少**(几百个图腾部落中只有**四**个能证明),但是他还是于1913年发表了《图腾与禁忌》一书,此书一经出版反复被重印,并被翻译成多种语言,在全世界范围内拥有众多读者……(值得一提的是,在弗洛伊德付梓出版前,爱米尔·涂尔干于1912年出版了著名的《宗教生活基本形式》一书,该书从多方面看都弥足珍贵,甚至有些论述颇让人啧啧称奇,但不足的是缺少理论基础。普遍认为涂尔干的资料比弗洛伊德的丰富得多,但他也犯了同样的方法论上的错误,试图在图腾中找到宗教的“根源”。这位杰出的大师应该趁早读一读人种学家和人类学家的著作,因为他们早已掌握足够的理据证明图腾**无法体现最古老的澳大利亚宗教,而且图腾在散布在世界各地的多种古老文化中并不存在。**)

数的情况是，他们非常不幸，手边仅有的恰恰是最漏洞百出的总论性著作，而即使著作本身不那么糟糕，他们阅读的方式也只是走马观花、囫囵吞枣而已。

这也是我们一定要附上参考文献*的原因：或许有些非专家学者需要私下联系人种学著作和宗教史学著作的作者，而不是参考那些门外汉或所谓的“理论家”写的不合时宜的陈词滥调；他们可能也是绞尽脑汁、通宵达旦，但主要目的无非是推销自己的那套过于宽泛的说辞。其实读者对分析心理的文字，特别是精神分析学中关于个体“案例”的冗长叙述已经不再陌生。太多的文学著作都在论述梦或者某些病人的清醒梦。英国曾出版过一部长达七百页的论著，专门讨论某一个体的“梦的神话”。心理学家们已经达成共识，即必须对所有个体的“案例”作出**一字不差**的叙述。而不得不删减其中某些内容的行为，常常是违心之举：他们的理想便是能完整地发表所有掌握的资料。而从事象征的研究，我们更应如此：我们应当对一种象征进行总体的概括，但在论述中也不能忽略与其他象征的差异、变化和模棱两可之处。

显而易见，最关键同时也最难解决的问题就是阐释。理论上说，我们完全可以质疑阐释的有效性。通过多重的印证，明确

* 除了书中脚注，原书并未列出单独的参考文献。——编者注

的观点(文本、仪式、形象化的建筑)或者暧昧不明的影射,我们可以证明某个象征符号的“意欲之言”。但是,我们也可以提出另外一个问题:使用这些象征符号的人,他们是否意识到符号所蕴含的意义?例如,我们在研究宇宙树的象征符号时,提出它位于“世界的中心”,但对于知道宇宙树但生活在不同社会的个体而言,他们对“中心”完整的象征意义是否有同样的认识?事实上,象征符号作为一种认知的形式,其客观存在性并不取决于任何一个个体对它的了解程度。无论是文本或是形象化的建筑都足以证明,至少古代社会中的一部分个体还是可以明白“中心”完整的象征意义;而另一部分个体则只是“参与”到象征中。其实他们参与的程度很难界定,因为其模式随着诸多因素的不确定性而千变万化。唯一能肯定的是,象征符号的“现实化”并不是机械的,而是与社会的压力和更替相联系,归根结底便是与宇宙的节奏密切相关。

一种象征因为**存在**,而曾被忽略、被歪曲,这些它经历过的事实并不能说明对它的所有阐释都是无意义的。我们可以举一个例子:在探讨《神曲》的象征意义时,我们是必须要问清楚遍布世界的成千上万的读者对这样一部艰涩著作的理解,还是要弄清但丁在写作时的所思所感?既然这是一部较为自由的诗作,我认为直接取决于“灵感”,就和德国浪漫主义的作品一样,我们甚至不能囿于读者对作品的看法去阐释作品所蕴含的象征意义。而其实在大多数情况下,作者也不会深入细致地挖掘自己作品的意义。“现实主义”作家的作品中常常反复出现一些古代社会的象征,而他们自身并不了解这些符号的意义。

再者,我们完全不必对象征符号阐释的局限性和合理性进行争辩。神话逐渐走下神坛,象征符号逐渐被世俗化,这些已经是不争的事实,但是它们永远不可能消失,即使是在 19 世纪,实证主义最盛行的时代。象征和神话源自远方:它们成为人类的一部分,并不断地再现于宇宙间人类存在的任何一个情境之中。

我们由衷地感谢我们的老师和朋友,特别是法兰西学院的乔治·杜梅吉尔教授和友人让·古雅尔博士,他们分别阅读和修改了本书的第三章和其他剩余章节。

1952 年 5 月于巴黎

第一章 “中心”的象征

心理学和宗教史学

众多教外人士都颇为艳羡宗教史家这一头衔。这个头衔可以允许他们经常出入各类宗教的秘密基地，整日埋头于符号和谜团中，解读领会各民族的神话，这简直就是世界上最崇高、最有意义的工作。他们以为宗教史家是关在家里，冷静钻研希腊埃及神话，探究佛教的旨意、道教的奥秘，抑或是研习古代宗教的秘密祭礼。这样的想法也并不全然没有道理，宗教史家探讨的是真正伟大的问题，他们潜心钻研，解读最宏大的象征符号以及无数纷繁事实中最高级、最复杂的神话。然而，实际情况恰恰相反。宗教史家大都专注于自己研究的那方领域，他们对希腊埃及神话、佛教的旨意、道教的生存技巧、巫术这些的了解，并不会比哗众取宠的门外汉更多。在无边无际的宗教史学研究中，大多数学者精通的只是冰山一隅。更可悲的是，仅仅是这小小的一隅冰山，宗教史学的研究往往也是很肤浅的：文本的解读、编辑、翻译；年鉴评论、影响研究；建筑物的发展史专著和索引等等。宗教史家常常年轻时就立志，愿穷尽一生追求精神富足，但因为囿于某个特定的专题，这个美好的梦想后来却慢慢变成从事严谨科学研究的一份责任。

然而对于科学研究严谨性的过度追求却使宗教史家与整个学术圈渐行渐远。除去一些极为个别的情况，宗教史家的著作大都只在同事或学生间流传，很少走出他们自己的圈子。普通的学者或读者不会读他们的作品，或因为太专业，或因为太无趣。总之，毫无一点精神趣味可言。人们常常会这样说，宗教史家，如詹姆斯·弗雷泽爵士，他用了整整两万页的篇幅来描述古代人的所思、所想、所欲，他们的神话和习俗，信奉的神灵和宗教体验，而最后呈现出来的只不过是癫狂、残酷、迷信，并最终为人类理性的进步所抛弃。这样的传言不绝于耳，大众不得不选择相信，于是再也提不起兴趣去关注宗教史学方面的客观研究。也有一部分人为了满足自己的好奇心而去选读一些粗制滥造的书，比如关于金字塔奥秘的，关于瑜伽创造的奇迹的，关于“最初的神启”的，关于古老大西洋岛的——总之，他们感兴趣的是由非专业人士、新的唯灵论者或所谓的行秘术者制造的文字垃圾。

从某种程度上说，是我们自己，我们这些宗教史家中的某些人造成了这样的局面。我们想要不惜一切代价呈现宗教的**客观**历史,却没有意识到我们所说的“客观”,应该是追随时代思潮的**客观**。长达一个世纪以来,我们致力于构建一门独立的宗教史学学科,却仍未成功。众所周知,宗教史学依然混迹于人类学、人种学、社会学、宗教心理学甚至东方学之中。宗教史学迫切地希望求得作为一门独立“科学”的地位,在此过程中它也经历了现代理性精神的所有危机:宗教史家们先后将实证主义、经验主义、理性主义、历史主义奉为圭臬,有些人甚至始终坚信某一种主义。更重要的是,对宗教史学产生过决定性影响的任何一种“思潮”,对宗教现象作出的任何一种全面而又系统的解释,都不是由宗教史家完成的;这些思潮或解释皆源于伟大的语言学家、人类学家、社会学家、人种学家提出的种种假设,并逐个地为大家所接受,最后包括宗教史家自己也认同了他们的观点。

我们这个时代的情况是:信息的迅猛发展导致了专业分类的过度细化,这甚至会消解我们的一部分工作(大部分宗教史家已经开始转而从事东方学、古典学、人种学等其他领域的研究);对现代社会学和历史编纂学的极度依赖(将宗教仪式或神话的历史研究几乎等同于某个国家的历史研究或者某个原始部落的案例分析)。简单来说,人们忽略了一个基本事实:“宗教史学”这四个字中,重点并不是“史学”,而是“宗教”。如果说有数不胜数的方法来研究“历史”——从技术史到人类思想史,那么探究“宗教”的方法却只有一种，那就是以宗教事实为出发点和立足点。在构建一个事物的历史之前，必须理解这一事物本身，包括其内涵与外延。这便是为何我们想提请大家特别关注范德莱乌教授所做的工作，他在宗教现象学方面颇有建树、著作等身，其作品均为精品，从而使学术圈重新燃起了对整个宗教历史的兴趣。

此外，精神分析学说和精神分析理论方面的成果也间接地激发起人们对宗教史学的关注，这方面贡献最突出的是荣格教授。我们不难发现，宗教历史广阔的研究领域其实形成了一个取之不尽的矿藏，从中我们可以找到与个体或集体心理行为相对应的各种要素，而心理行为正是心理学家和精神分析学家考察的对象。显然，心理学家运用这些社会宗教学的资料并没有经过宗教史家的允许。我们将在之后的章节中讨论这样肆意大胆的借用是如何遭到反对的。现在要说的是，倘若宗教史家能从一个更加形而上的角度来探讨他们的研究对象，倘若他们努力的方向是尽可能地深入理解古代宗教的象征，那么他们就不可能呈现出这种杂糅了心理学或精神分析的阐释，这样的阐释在真正的专家眼中是非常浅薄的。心理学家在我们的著作中找到了不可多得的材料，却没有读到有深度的解释分析，于是他们自然而然代替宗教史家填补了这一空缺，并进一步提出一些在我们看来颇为不成熟的论断。

概括来说，我们现今必须克服两大困难：第一，既然我们选择要构建一门客观、“科学”的历史编纂学，那么宗教史学必须直面针对历史主义提出的一切质疑与反对；第二，宗教史学还必须应对整个心理学引发的一系列挑战，首先要应对的便是精神分析理论，这一理论是直接以历史宗教材料为研究基础，来提出比宗教史家的一般观点更加独到中肯、更富创造力，总之是更加振聋发聩的论断。

为了更好地理解这些困难所在，我们有必要从这一论题开始：“中心”的象征。宗教史家有权提出这样的质问：何为“中心”的象征？“中心”的象征具体包括哪些象征符号？涉及哪些民族、哪些文明？他甚至可以继续存疑：你明明知道泰勒、曼哈特、弗雷泽的时代已经过去；如今我们不可能再提及具有“普遍性”的宗教仪式和神话，或者原始人面对自然的单一反应。这些普遍性的描述都是抽象的，就和原始人的普遍性一样。真正实在的，是扎根于历史和贯穿历史的宗教现象。既然是在历史中展现出来的宗教现象，那么也必然受到历史的影响和制约。宗教史学中，诸如“永生的宗教仪式”这样的表述，到底是什么意思？首先要明确这里的“永生”是何种意义上的永生，**按理说**，我们并不确定整个人类是否自发地具有永生的直觉或是欲望。作为宗教史家，我们提出“中心的象征”的理由是什么？我们能否这样轻率地大而化之？我们至少应该先弄清楚：在哪种文明之中，继哪些历史事件之后，才形成了较为固定的宗教意义上的“中心”“永生”这样的概念？我们如何将这些概念置于某种文明的有机体中进行分析和论证？这些概念的传播是如何实现的，在哪些民族中得以流传？只有先找到这些问题的答案，我们才有底气全面、系统地探讨永生的宗教仪式，“中心”的象征。否则，我们做的就是心理学、哲学甚至是神学的研究，而绝不是宗教史学的研究。

我认为所有反对的声音都是有理据的，作为宗教史家，我也要正确对待这些质疑。但我并不认为这些困难是无法克服的。我们非常清楚，宗教史家是与宗教现象打交道的。既然宗教现象也是**现象**，换言之，现象是呈现、显露在我们面前的，现象如同一枚奖牌，是某个历史时刻见证了它的诞生并将其轧制成形。“纯粹”的宗教事实，即脱离历史、时代的事实并不存在。最崇高的神旨、最丰富的神秘主义体验、最具人类共性的行为，比如宗教恐惧心理、礼教仪式、祷告，这些一旦显现在众人面前，便会被世俗化，不再局限于宗教。当耶稣基督被选中来代表并最终成为上帝之子，他就必须会说阿拉米语；他的一言一行只能像当时的希伯来人，而不能像瑜伽修行者、道士或者巫师。而他传达的神旨，不论多么地具有普世性，都受到了希伯来民族过去和当今历史的影响。如果上帝之子诞生在印度，那么神旨的口头表达也一定会符合印地语的语法结构，符合这片土地上所有民族史前史后的传统。

从这个角度来说，我们可以清楚地看到自康德（他应被视为历史主义的开山鼻祖）至当下的一批历史主义或存在主义哲学家对思辨的发展所作出的贡献。人是一个历史的、具体的、真实的存在，他“处于情境”之中。他的真实存在是在历史、时代中，特别是在属于**他的**，而不是他父辈的那个时代中实现的。同样也不是他的同代人在另一个大洲或另一个国家所处的时代中实现的。既然如此，我们所说的广义上的人的行为究竟是什么？这个广义上的人只不过是一个抽象的概念，是由语言上的词不达意所引起的误解造成的。

但我们并不能因此对历史主义和历史存在主义作出哲学上的批判。这一批判已经由比我们学养更深的学者完成。值得一提的是，历史对于人类精神生活的影响与我们过去所说的地理、经济、社会，甚至生理所造成的影响并没有实质性的差别，只是影响的程度和作用的方式有所不同而已。精神行为作为一种人的行为，必然受到促成人的形成的一切因素的制约，从生理解剖到言语活动，大家都承认这一点。换句话说，精神行为预设了一个完整的人的存在，即生理实体、社会实体、经济实体等。但是，这些制约因素本身并不足以完成对整个精神生活的论述。

宗教史家与一般史学家的区别在于，他研究的是事实，这些历史的事实揭示了一种行为，但这种行为远远超越人类的各种历史行为。可以说人确实始终处于“情境”之中，但这一情境也并不总是**历史**的，即单纯只受同时代历史时刻影响的情境。完整的人会处于历史条件之外的其他情境中；他会感受到比如梦境、清醒梦、忧愁、心不在焉、美的极大享受、逃避消遣等不同的状态，这种种的状态尽管与历史情境一样，对人的存在而言同样真实、同样重要，却不是“历史性的”。另外，人还会体会到多种不同的时间节奏，而不仅仅是历史性的时间，也就是说属于他自己的时间或历史的同时代性。他只需听着美妙的音乐，陷入一段美好的爱情，或者做做祷告，便可从历史的现在中逃离出来，进入爱情和宗教的永恒现在。他甚至可以读一本小说，看一场戏剧表演，来寻得另一种时间节奏——我们所谓的紧张的时间，这里的时间也不同于历史性的时间。若我们就此得出结论说存在的真实性只取决于对自身历史性的感知，未免显得过于匆忙。这种历史性的感知在人的所有意识中所占的分量并不大，更不用说在整个人类所共有的无意识范畴中。一个人的意识越清醒，就越能超越自身的历史性。各个时代、各个地区，尤其是东方的神秘主义者和圣贤，都能证明这一点。

历史与原型

我们暂且不论对历史主义和历史存在主义提出的质疑，而是先解决我们自己的问题,即宗教史家的两难之境。宗教史家总是忘记自己的研究对象是整个古代人类的行为,因此,他的任务不应简化成**记录这一行为的历史表现形式**;而是应该致力于更深刻地理解这一行为的**意义**及与其相关的一切。举个例子来说,我们知道,现今某些神话和象征符号是借助一些文明,才得以在世界范围内传播;也就是说,这些神话和象征符号并不是古代人自己的发明,而是被人类社会所规定、设计、传播的某种文化情结的产物;它们被传播到遥远的异域,并被其他的民族和社会同化,而这些民族和社会甚至有可能不知道它们原本的存在。

我想,若是**人种学家**能尽可能细致地研究某些宗教情结与某些文化形式之间的关系,厘清这些情结的传播步骤,那么他完全可以为能完成这样的研究感到自豪。但这对**宗教史家**是行不通的:人种学的研究成果一旦被认可、被接受,那么他就会提出一系列其他问题:为什么是这个神话或者这个符号能被传播,而不是其他的神话或符号?这些神话和象征符号揭示的是什么?在传播过程中,为什么某些细节,甚至是很重要的细节被遗弃了,而另一些始终被保留下来?总之:**这些神话和象征符号能实现这样的传播究竟反映了什么?**这些问题当然不应该扔给心理学家、社会学家或是哲学家,因为要解决这些问题,他们的知识储备都不及宗教史家来得完善。

只要认真看待这个问题,我们便不难发现,象征符号、神话、宗教仪式在被自然地传播、发现的过程中往往反映出人的一种有限处境，而不仅仅是一种历史情境；有限处境的意思是，人通过意识到自己在宇宙中的位置而认识到自己的处境。正是在认清这些有限处境的前提下，宗教史家才能完成他的使命，并与精神分析，甚至哲学研究发生交叉。这一研究是可能的，而且已经开始了。精神分析理论通过关注象征符号和神秘的宗教主题在现代世俗人心里留存的印记；通过揭示全人类，即无论哪个种族，哪种社会历史环境的人都会自发地挖掘古代象征符号的原型，来帮助宗教史家跨越最后一道障碍。接下来的论述中，我们将列举几个自发挖掘古代象征符号的事例，以此说明这些事例带给宗教史家的重要启示。

我们可以推测，倘若宗教史学善加利用自己领域的研究成果以及人种学、社会学和精神分析理论的发现，那么这门学科一定会前途无量。在对人的研究中，宗教史学不单单将人视为历史性的存在，同时也视为活生生的符号，因此，如果我们用一个词语来概括的话，它完全可以被称为一门**元精神分析学**。宗教史学唤醒并重新激发了人们对这些古代象征符号和原型的认识，无论这些符号和原型是在整个人类宗教传统中尚在流传的还是已经僵化、过时的。“元精神分析学”这样一个表述是很冒险的，因为这意味着一种更加形而上的方法，主要用来阐明象征符号和原型的理论内涵；澄清并严密地论证其晦涩难懂的或者只言片语的“隐喻”的意义。我们甚至可以称其为是一种新的苏格拉底式的助产术：正如《泰阿泰德篇》中描述的苏格拉底那样，他不自知地生产出自己孕育的思想；宗教史学也可如此，用这种方法生产出一个新的人，一个更真实、更完整的人；通过考察宗教传统，我们发现，现代世俗人不仅行为上有古代人的痕迹，而且他们对这一行为所蕴含的深刻的精神意义也有所领悟。

借助宗教象征符号实现的助产术使现代世俗人摆脱了文化乡土气息，同时也使他们走出了历史相对主义和存在相对主义的牢笼。在之后的章节中，我们也会看到，人总在反抗历史，却也不遗余力地构建历史，尽管他一直声称自己也只是一段“历史”而已。只要人超越其历史的时间性，任由自己去体验那些原始意象，那么他便能成为一个完整的、万能的人。只要现代世俗人反抗历史，他便能重新找到原型的位置，甚至他的睡意、他的狂欢都承载着无限的精神意义，那是因为他在自己的存在中找到了宇宙的节奏——如日夜更替、四季变换。于是他便可以对自己的命运和存在的意义有更全面的认识。

现代世俗人常常借助宗教历史找到自己身体的象征意义，他的身体就是一个人体宇宙。虚构的各种方法，尤其是诗学的手段在帮助人寻找身体的象征意义上，相较于宗教历史的成果而言，简直不值一提。这方面的，包括与现代世俗人有关的相关论据并不难找，我们只需要把这些资料重新整理，然后亮在世人面前。现代世俗人在意识到自己身体的象征意义的同时——其实这也只是原型象征意义的一个变体而已——他的存在便有了一个新的维度，而这恰恰是被现在的存在主义和历史主义所忽视的：这是一种使他的存在变得真实、重要，免受虚无主义和历史相对主义的影响，而又不会因此脱离历史的方式。因为，历史本身终有一天会找到自身真正的意义：作为一种辉煌、绝对的人类状况的神显。我们只需回想一下犹太-基督教赋予历史存在的意义，我们便能知晓历史可以在何种意义上成为“辉煌的”，甚至是“绝对的”，并且如何能够将其实现。

我们显然不会认为，严谨的宗教史学研究可能或者必须取代宗教体验本身，更别说信仰经历。但是即使像基督教这样的信仰，通过原型象征符号实现的“助产术”也是卓有成效的。基督教秉承一种非常古老又复杂的宗教传统，即便宣扬的精神价值和神学走向已经发生改变，其结构却被保存在教会内部。概括来说，面对荣光在天地万物间（借用基督教的术语）显现出的一切，信徒都不会无动于衷。

宗教方面的严谨研究阐明了一个至今仍未引起足够重视的事实：象征符号也存有一种逻辑，某些符号群内的各个符号联系紧密，呈现出明显的逻辑性。[①] 总之，我们可以有条不紊地用

① 见本书第三章，“‘束缚之神’与结的象征”。

语言进行描绘,用理性的词汇进行阐释。象征符号的这一逻辑性引发了一个非常重要的问题:个体或集体无意识的某些区域是不是也被逻各斯控制着,或者说这是否与超意识的表现有关?单靠精神分析学家并不能找到这个问题的答案,因为精神分析学家解密的那些象征符号大多是由散乱的碎片,或者某种病态心理发作或恶化的表现构成的。想要弄清象征符号真正的结构和功能,我们必须求助于宗教史学无尽的资料索引。当然,我们在这一过程中也要懂得取舍:因为从形式上看,我们的资料往往让人觉得落伍又不合常规,实在没什么可圈可点之处。若是想要准确地理解古代宗教原型的象征符号,那我们就必须对资料有所选择;同样的道理,我们不可能随便进一家公共图书馆又随便选几十本或几百本书,便能对某一外国的文学有整体的了解。我们也许可以期待,有一天宗教史家会像研究文学史的专家那样,根据不同的价值、不同的状态,将所有的资料分门别类。但是现在,我们还处在研究的起步阶段。

世界的形象

传统的古代社会将周遭的世界看作一个小宇宙。整个世界是封闭的,其尽头是未知的领域、未成形的地方。一边,是宇宙化的空间,也就是宜居的、有序的;另一边,在这个我们熟悉的空间之外，有一片未知的、可怕的区域，那里可能有魔鬼、亡灵、尸体、外星人；总之，是混沌的、死气沉沉的、昏暗迷惘的。我们居住的小宇宙世界，被类似于混沌或死人王国之类的无人区包围，这样一种形象依然留存在诸多较为发达的文明中，比如中华文明、美索不达米亚文明或埃及文明。其实我们在很多宗教经典中都可以看到，任何攻击我们居住的这片土地的敌人都被看作是魔鬼、恶魔，或是一种混沌的力量。因此法老的敌人曾被视为“毁灭之子”“狼之子”“犬之子”等等。法老成为战胜毁神星阿波菲斯的太阳神——拉（Rê）的化身，而他的敌人则被认为是阿波菲斯。① 这些敌人进攻的时候，打破了势均力敌的局面，破坏了城市（或是任何一个有居民、有秩序的地方）本身的生活，所以他们被看作邪恶势力的化身，他们费尽心机想使这个小宇宙陷入一种混沌的状态，也就是说，将之摧毁。打破既定秩序，消除原型形象，就是倒退到混沌的、有形之前的、宇宙起源之前的未分化状态。不难发现，这些形象我们至今仍在使用，特别是当我们需要描述威胁到某种文明的危险的时候：我们经常用“混沌”“无序”“黑暗”来形容“我们的世界”所陷入的一种状态。我们可以明显地感觉到，这些词便意味着秩序、宇宙、结构的消解，重新进入一种无定形的、捉摸不定的，总之是混沌的状

① 参见《永恒回归的神话：原型与重复》（*Le Mythe de l' Éternel Retour: Archétypes et Répétition*, Paris: Gallimard, 1949, pp.68 *sq.*）。

态中。

迄今为止，我们依然会用“恶魔的存在”“邪恶势力的真正化身”这样的词来形容敌人。精神分析学家对当下依然活跃的神话形象作过研究，并指出在所谓的“敌人”身上，我们投射的很大程度上是我们自身的破坏欲望。不过这个问题不在我们的研究能力范围之内。我们想要说明的是，从整个古代社会来看，破坏小宇宙的敌人很危险，但指的并不是这些人本身很危险，而是他们代表了敌对的、具有破坏性的势力。那些人居的地方或城市的防御设施起初非常有可能是施了魔法的防御物，因为这些防御设施，如大坑、迷宫、城墙等，首先都被用来防止恶魔入内，而不是抵御外敌的入侵。① 即使在稍晚一些的年代，如中世纪，某些城市的城墙通常也是用来抵挡恶魔、疾病和死神的。再者，在古代，将敌人比作恶魔或死神之类的象征也极为常见。无论如何，不管是灵异的进攻还是军事的进攻，最终的结果都是趋同的，那就是毁灭、瓦解、死亡。

所有的小宇宙，所有的人居之处，都有一块我们称之为“中心”的区域，即典型的、神圣不可侵犯的地方。正是在这一中心，神性得以全面地展现，要么以神显这种比较基础的方式，比

① 对照奈特（W. J. Knight）：《库米女巫之门》（*Cumaean Gates*, Oxford, 1936）；卡尔·凯伦依（Karl Kerenyi）：《迷宫研究》（*Labyrinth-Studien*, Amsterdam-Leipzig, 1911, Albae Vigilae, Heft XV）。

如“原始人”的做法（如图腾中心、隐藏护身符的洞穴之类），要么以主显这种更高级、更直接的方式，比如一些传统文化所体现的那样。但是，我们不应用西方科学精神的几何意义来看待中心的象征符号。每一个小宇宙中都有好几个“中心”，诚如我们将要提到的，所有的东方文明——美索不达米亚、印度、中国等——都有着无数个“中心”。而且，这其中的每一个“中心”都被视作甚至直接被称作“世界的中心”。既然这是一片被神显赋予的或者为宗教仪式所建的**神圣空间**，而不是一块世俗的、无差别的、几何学意义上的区域，那么在一片有人居住的地区内部存在着多个“地球的中心”也是无可厚非的。[①] 我们讨论的是一种神圣的、神秘的地理，并且是**实在的**，而不是一种世俗的、“客观的”，甚至是抽象的、非本质的地理，一种基于既无法居住也无法**被认知**的世界和空间的理论建构。

在神秘地理中，神圣空间是一种典型的**实在空间**，正如最近的一些研究[②]显示，在古代社会，神话是真实的，因为神话讲述的正是真实现实的显现：**神性**。人们只有在这样一个空间里才能近距离地接触到神性，神性在此处具化为某些物品（护身符、

① 参见笔者：《宗教历史论著》（*Traité d'Histoire des Religions*, Paris: Payot, 1949, pp.315 *sq.*）。

② 对照佩塔佐尼（R. Pettazzoni）：《神话与传说》（*Miti e Leggende*, I, Torino, 1948, p.5）；范德莱乌（G. van der Leeuw）：《神话的意义》（*Die Bedeutung der Mythen*, Festschrift für Alfred Bertholet, Tübingen, 1949, pp.287—293）；笔者：《宗教历史论著》（*Traité d'Histoire des Religions*, pp.350 *sq.*）。

代表神力的东西等)或者宇宙神显的符号(世界之柱、宇宙树等)。在包含宇宙三界概念——天界、人间、冥界——的文明中,“中心”成为三个宇宙空间之间的交叉点。得益于这一中心,三界之间的断裂和联系才成为可能。我们应该相信,三界的形象由来已久,比如,马六甲半岛的塞芒族俾格米人之中便流传着这一形象:世界的中心伫立着一块名为 Batu-Ribn 的巨石,下面是地狱。以前,巨石上长着一棵大树,直指向天。[①] 地狱、地球的中心和上天的“门户”都位于同一条轴线上,通过这条轴线,人们可以从一个宇宙空间穿越到另一个宇宙空间。当然,倘若没有理据可以证明类似的理论早在史前时代便已经有了雏形[②],俾格米人这一宇宙理论的真实性很容易遭到质疑。据俾格米人称,**从前**,大树将宇宙之巅(世界的中心)和天连接在一起。这其实影射了一个广为流传的神话主题:从前,与天之间的联系、与神之间的互通,是容易的,也是“合情合理的”;由于宗教仪式上的一个小失误,这些联结被中断了,而神也躲到了天国中更高的地方。后来只有医者、巫师、神甫、英雄、帝王才能重建与天之间短暂的联系,而且只能出于一种与自身职业相关的

---

① 舍贝斯塔(P. Schebesta):《俾格米人》(*Les pygmées*, Paris, 1940, pp.156 *sq.*)。
② 对照威廉姆·加特(W. Gaerte):《史前时代的宇宙表征》(*Anthropos*, IX, 1914, pp.956—979)。

目的。[1] 因某个小失误造成的失乐园神话相当重要,但我们现在暂时不讨论这个问题,尽管这与我们的论题有些许相关。

"中心"的象征

我们重新回到"中心"的"连接宇宙三界的轴"这一形象。我们在古老的东方文明中便可以看到这一原型形象。尼普尔、拉尔萨、西帕尔的圣殿都被定名为 Dur-an-ki,意为"天与地之间的联结"。巴比伦的圣殿也有许多类似的名字,如"天与地的基地""天与地之间的联结"。在巴比伦,人们还认为大地与地下的区域也有联结,因为城市都是建立在 bâb-apsî,即阿普苏(apsû)之门之上,apsû 指的是创世之前的混沌之渊。同样的传统也存在于希伯来文明中。耶路撒冷神庙的巨石深入地下之渊(tehôm)中。《密什那》记载,神庙便是建在 tehôm 之上(希伯来语的 tehôm 与 apsû 同义)。巴比伦有阿普苏之门,同样的,耶路撒冷神庙的巨石也有"tehôm 入口"。印欧语系世界也有类似的传统。比如,罗马人所说的 mundus 就是地上世界和地下区域的联结点。古意大利神庙是天上(神的)、地上和地下(冥界的[2])三

① 对照笔者:《萨满教及古代入迷术》(*Chamanisme et les techniques archaïques de l'extase*, Paris: Payot, 1951)。
② 参见《永恒回归的神话:原型与重复》,p.32。

个世界的交叉点。

事实上,东方所有的城市都位于世界的中心。巴比伦是一座“众神之门”的城市,所有去往人间的神都要经过那里。中华大地的首都也正好紧挨着神奇的“直立之树”——根木,这也是天界、人间、冥界三大宇宙区域交汇的地方。类似的例子举不胜举。所有这些城市、神庙、神殿都被认为是世界的中心,同时它们也是对这一古老形象一而再再而三的复制:宇宙之巅、世界之树,或是支撑宇宙各界的中心支柱。

位于世界中心的山、树、石柱这样的象征符号非常普遍。印度教中的须弥山、古代伊朗的哈拉伯莱扎提山、古代日耳曼的希明伯格山、美索不达米亚传统中的“故乡山”、巴勒斯坦的他泊山(应该是“脐”的意思),还有同样位于巴勒斯坦的基利心山,其名也取自“大地之脐”的意思,还有耶稣被钉死之地——各各他,基督徒也认为这是世界中心。① 既然领地、城市、神庙、神殿都位于“世界的中心”,即宇宙山峦之巅,那么它们便处于世界最高的地方,而唯有这些地方不会被洪水吞没。“以色列的土地没有被洪水淹没”,一篇犹太教的经典中是这样写的。伊斯兰教认为,大地最高之处位于麦加的卡亚巴,因为根据北极星的指示,卡亚巴正对着天界的中心。② 我们从巴比伦神庙和神塔

---

① 参见《宗教历史论著》,p.321;《永恒回归的神话:原型与重复》,p.30。
② 参见《永恒回归的神话:原型与重复》中的段落,p.33。

的命名中也可看出与宇宙山峦，宇宙之巅，也即世界中心的暗合，比如“屋脊”“所有土地的脊之屋”“暴风雨之巅”“天与地的联结”等。塔庙(ziqqurat)原义亦指宇宙之山，其形象象征着宇宙：七级台阶代表着七大行星；通过攀爬七级台阶，祭司到达大千世界的巅峰。同样的象征符号也可以在大型寺庙婆罗浮屠的建造中看到：婆罗浮屠犹如一座人造假山。这样的攀登如同一次通往世界中心的虔诚之旅；一旦到达最上层的平台，朝圣者便实现了与下一级的断裂；他超越了世俗空间，进入一片“净土”。我们从中看到的是“中心的仪式”。①

宇宙山峦之巅并不仅仅指人间最高的地方，而是大地之脐，创世之地。犹太教的经典中写道，“神创造世界万物，伊始就似一胚胎”。“如同胚胎通过脐带获取营养不断长大，同样上帝也是通过脐带创造世界，然后散布到各个方向。”“世界万物是从西翁(Sion)开始被创造出来”，另一部经典中也有类似的描述。古印度也有同样的象征符号：在《梨俱吠陀》中，大千世界的扩展被认为是从一个中心点开始的。②

和宇宙论一样，人的创造也是发生在世界的中心，从一个中心点开始。在美索不达米亚文明的古老传统中，人们认为人是在“大地之脐”里被塑造出来的，那里也是 Dur-an-ki，即“天与地

① 参见《宗教历史论著》中的章节，p.323。
② 同上书，p.324；《永恒回归的神话：原型与重复》，p.36。

之间的联结”。奥尔马兹达在世界中心创造了最初的人。当然,亚当被创造出来的伊甸园也位于宇宙的中心。伊甸园就是“大地之脐”,而且根据叙利亚的宗教传统,伊甸园是建在“比其他任何一座山都要高的山上”。据叙利亚的经典《藏宝洞》(*La Caverne des Trésors*)记载,亚当在大地的中心被创造出来,而后来耶稣被钉死的十字架也位于这里。犹太教的经典中也保留着同样的描述。犹太教的“世界末日说”及其布道书《米德拉什》(Midrash)都说亚当是在耶路撒冷被创造出来的。亚当在这个地方被创造,也在这个地方被埋葬,都是在世界的中心,在各各他山上,上帝之子将会救赎他。①

象征中心的符号中最常见的变体便是宇宙树,它矗立在世界的中心,像一根轴一样支撑着三界。吠陀时期的印度神话、古中国神话、希腊罗马神话,还有各种“原始”的宗教都承认这棵宇宙树的存在,尽管形状略有差别。它的树根深入冥界之内,枝丫直戳天界。在中亚和北亚的神话中,其中的七根或九根枝丫代表着七重天或九重天,也就是七大行星。因篇幅有限,这里对宇宙树复杂的象征意义就不作具体的展开。② 我们关注的,是它在“中心的仪式”中所扮演的角色。一般来说,我们在宗教历

① 参见《宗教历史论著》,p.323;《永恒回归的神话:原型与重复》,p.32。

② 对照笔者:《宗教历史论著》,p.236;《萨满教及古代人迷术》,p.244;两书中关于基督教教义中十字架等同于宇宙树的象征的章节;也可参见吕巴克(H. de Lubac):《佛教的诸多方面》(*Aspects du Bouddhisme*, Paris, 1951, pp.61 *sq.*)。

史中看到的大部分具有神性、宗教意义的树，都只是宇宙树这一代表性原型完美的复制品、仿造品。也就是说，所有的神性之树都被认为位于世界中心，所有在某个宗教仪式之前或之中准备的圣礼树或者石柱，都是世界中心的神奇投射。让我们一起来看几个例子。

在吠陀时代的印度，祭礼神柱是用一棵与宇宙树类似的树来充当的。砍树的时候，祭司会对着树说这样的话："为了让你的枝头不会划破天，为了让你的枝干不会伤害周遭的环境……"可见，这里说的便是宇宙树本身。用这棵树的木头做成祭礼神柱，而神柱则成了宇宙之柱："站起来吧，森林之神，站到大地之巅上！"《梨俱吠陀》中的印度人就是这样乞灵的。"你用你的枝头支撑着天，你用你的枝干填满了周遭，你用你的根夯实了地"，《百道梵书》是这样说的。

用神柱进行的祭礼和祝圣礼已经成为象征中心的仪式。作为世界之树的化身，这根神柱也成了联结宇宙三界的轴。有了神柱，天界与人间之间才可以互通。而事实上，祭司通过这根代表着世界之轴的柱子独自或者携伴登上了天。祭司搬来梯子，对他夫人说："来，让我们一起登天吧！"夫人回答说："走！"（《百道梵书》，V，2，1，9）于是，他们开始向上爬。当到达最上面，碰到柱头的时候，祭司高声喊："我们到天上了！"或者，在攀爬柱子台阶的时候，他张开双臂（就像鸟展开翅膀一样！），到最上面的时候大声喊:“我到天上了,见到了各路神,我长生不死了!”《推提利耶梵书》中常说:“真相是,祭司自己找来梯子或者桥梁去到天上的世界。”

在天与地之间搭建桥梁或者梯子是有可能的,因为它们都处在世界的中心。这与雅各布梦中见到的那架顶着天的梯子完全是一样的。《旧约·创世记》(28:12)中记载,“有神的使者在梯子上,上去下来”。印度教中同样也有通过升天来求得长生不死的隐喻。之后,我们也会提到无数象征中心的宗教手段,都是为了寻求生命的永恒。

将祭祀树视作宇宙树的化身,这样的例子在中亚和北亚的萨满教中更为明显。鞑靼萨满爬祭祀树这一行为象征的便是升天。其实,在这棵树上留着七个凹槽或九个凹槽,爬过这些凹槽,萨满便可毫不犹豫地宣布他登上了天。他向所有在场的人描述经过每一重天的所见。比如,在第六重天,他膜拜了月亮;在第七重天,他膜拜了太阳。最后,在第九重天,他拜倒在至上存在白乌尔根(Bai Ulgan)的脚下,并为他奉上祭祀马的灵魂。[①]

萨满教里的树也只是世界之树的一个复制品而已,世界之树矗立在世界的中心,树的顶端是至高无上的天主所在。萨满

① 对照笔者:《萨满教及古代人迷术》书中的参考文献,pp.171 *sq.*。

教里的树，上面的七根或者九根枝丫对应着宇宙树的七根或九根树枝，也就是七重天或九重天。而且，萨满也认为自己与世界之树是由另外一些神秘的关系联结在一起的。在入教的愿望中，未来的萨满被认为与宇宙树更加接近，他从神的手中接过了宇宙树的三根树枝，用来当作击鼓的鼓槌。[①] 我们都知道鼓在萨满施展巫术过程中起着至关重要的作用，只有在鼓的帮助下，萨满才能达到如痴似醉的状态。不过，一旦想起**这个鼓是用世界之树的木头做成的**，那么萨满敲鼓发出的鼓声，其象征意义和宗教价值便不言而喻了：**萨满在击鼓的时候，如痴似醉，感觉自己投射在世界之树近旁。**[②] 我们这里讨论了去往"中心"，去往最高的那重天的神秘之旅。因此，萨满是沿着祭祀的桦树爬到第七或第九个凹槽；或者通过击鼓，而开始自己的升天之行的。但是他只有被认为一直处于世界的中心，才能跨越宇宙中不同的区域，也才能升天或者在天际间随心所欲地穿行。因为，我们已经看到，只有处于这样一个中心位置，天界、人间、冥界[③]之间的互通才是可能的。

---

① 波波夫（A. A. Popov）：《关于阿凡和吠陀塔夫吉人的人种学材料》（*Tavgijcy. Materialy po etnografii avamskich I vedeevskich tavgicev*, Mosaka-Leningrad, 1936, pp.84 *sq.*）；亦参见笔者：《萨满教及古代入迷术》，pp.160 *sq.*。

② 对照恩斯特·埃姆斯海默（E. Emsheimer）：《喀博达思鼓和树皮鼓》（"Schamanentrommel und Trommelbaum", *Ethnos*, 1946, pp.166—181）。

③ 宗教仪式攀爬祭祀用的树，这一习俗在印度尼西亚、南美洲和北美洲的萨满教中都存在，参见《萨满教及古代入迷术》，pp.122，125。

升天的象征

中心的符号象征很有可能受到印度、伊朗，更准确地说是美索不达米亚宇宙论图解的影响，至少在中亚和西伯利亚的宗教中是如此。其中赋予数字7的重要意义便是有力的佐证。但是我们必须要分清，这到底是对有关中心象征符号的**宇宙学理论**——比如七重天的概念——的一种借用，还是说这就是中心的**象征**本身。我们已经知道，这一象征非常古老，马六甲半岛的俾格米人早就已经认识它。即便可以推测出印度教对俾格米人久远的影响，但是史前建筑中，中心的象征意义却尚未明朗（如宇宙之巅、四条大河、宇宙树与螺旋等）。值得欣慰的是，我们已经可以证明宇宙之轴的象征意义已经为一些古老文明所知，其中最早接触这些象征的是北极和北美地区的人：他们住所的中心柱便是宇宙之轴的化身。人们常常把祭品放在柱子底部，祈求得到神灵的庇佑，因为只有沿着这根柱子，祭品才能到天上。[①] 若是住所的外形发生变化，例如，山上小屋变成了帐篷（类似中亚地区游牧民族的蒙古包一样），人们便将认为帐篷上方的排气口具有与中心柱同样的宗教神秘功能。到了祭祀的

---

① 参见《萨满教及古代入迷术》，p.235。

时候，人们将树移到自己的帐篷里，树的顶端从这个口子穿出去。这棵树的七根树枝象征着七重天。一方面，**屋子代表着大千世界**；另一方面，**屋子也被视作位于世界的中心**，因为排气口正对着北极星。

我们在接下来的章节中会具体讨论居住在“世界的中心”的象征意义，这其中反映出古代宗教信徒最具教益的行为之一。现在，我们就发生在“世界的中心”的升天仪式稍微多说几句。前文中已经提到鞑靼萨满或者西伯利亚萨满的仪式是爬树，吠陀的祭司则是爬梯子。这两种做法都有着同一个目的：升天。许多神话中都会将树、藤蔓、粗绳、蜘蛛网线或梯子视作天与地之间的联结，而且一些有特权的人也可以通过这些物品来升天。当然，这些神话都对应着某些祭司典礼，比如萨满教里的树、吠陀祭司的神柱。祭祀用的梯子同样有着重要作用。可以举几个例子：波利艾努斯（《战略》，VII，22）告诉我们，色雷斯某些族的神王科辛加斯（当地人对其的称呼）爬上木梯去见赫拉女神，以此威胁臣民，声称将离开他们；这证明，这样的祭祀梯子确实存在，并被认为是可以帮助神王上天的。通过仪式性地爬梯子来实现升天的目的，这或许也是古代崇拜俄耳甫斯神秘教理仪式的行为。我们在密特拉的秘密祭礼中也找到了同样的做法。在密特拉的奥义中，祭祀的梯子也有七级，每一级都用不同的金属做成。据圣奥利振神父所说[1],第一梯级是用铅,对应土星的“天”;第二梯级用锡,对应金星;第三梯级用铜,对应木星;第四梯级用铁,对应水星;第五梯级用“货币合金”,对应火星;第六梯级用银,对应月亮;第七梯级用金,对应太阳;第八梯级代表了恒星的运行轨道。[2]被授以宗教奥义的人爬上这架祭礼用的梯子,经过七重天,最后到达九霄。这与我们之前提到的爬巴比伦塔庙的七层台阶到达最后一重天,或者是登上婆罗浮屠的平台来穿越不同的宇宙空间,都是一样的。婆罗浮屠本身就是宇宙之巅和意象世界。

不难看出,密特拉的秘密祭礼中的梯子也是世界之轴,也位于世界的中心;但是,不同层级之间的断裂是无法实现的。“秘密祭礼”的意思是新教徒的死亡和复活,或者在某些特定的情境下,是指下地狱之后又升天。死亡——无论他们是否被传授过奥义,都是典型的层级断裂。因此,人们常常用攀登梯子来象征死亡,而且众多的葬礼都用到梯子或者台阶。死者的魂魄沿着山间小径,或者沿着一棵树、一种藤蔓往上爬,爬到天上。这一意象在世界各地都能看到,从古埃及到现在的澳洲大陆。在

---

① 《驳塞尔休斯》,VI,22。

② 对照《萨满教及古代入迷术》中的资料,p.248;基督教中关于升天的象征,可参见路易·拜尔内特(Louis Beirnaert):《基督教礼拜仪式与秘教仪式中的升天象征》(«Le Symbolisme ascensionnel dans la liturgie et la mystique chrétiennes», *Eranos-Jahrbuch*, XIX, Zürich, 1951, pp.41—63)。

亚述语中，对动词“死亡”的惯用表达方式是：被挂在了山上。同样的，在埃及语中，myny，即“悬挂”，也是对“死亡”的婉转说法。而印度教中，第一个死去的人，即阎魔，也是爬山，走过了“陡峭的隘路”，为“许多人开辟一条道路”，《百道梵书》中便是这样记载的（《百道梵书》，X，14，1）。乌拉尔-阿尔泰语系的信仰中，死亡之路是爬上山顶；喀拉海-吉尔吉斯（Kara-Kirghiz）的英雄博洛特，和蒙古人的传奇国王凯萨尔一样，经由位于山顶的一个岩洞，从冥间进入了人世，作为他入教的考验；萨满下到地狱也是经由岩洞。埃及人在葬礼祷告词中依然保留了 asket pet 这个词（意为“行走”），目的是为了告诉大家，太阳神拉拥有的那架梯子是真实存在的，它连接着天与地。《死亡之书》中写道，“为我搭一架梯子，好让我见到神灵”。“神灵们为他搭了一架梯子，让他可以用这架梯子登上天国”，我们常常可以在《死亡之书》中读到这样的文字。在远古或者中世纪时代的墓穴中，人们也发现了梯子或台阶形状的护身符。丧葬仪式上会用到梯子，这样的传统至今仍然保留着：好几个亚洲原始民族，如洛罗人、克伦邦人，都会在坟墓前竖一些祭祀用的梯子，供死者用来登上天国。①

正如我们刚才所描述的，台阶承载着非常丰富的象征意义，

① 参见笔者：《宗教历史论著》，p.96；《萨满教及古代人迷术》，p.420。

并始终是相互关联的：它从外形上塑造出不同层级之间的断裂，这些层级可以**允许一种形式变为另一种形式**；而从宇宙学的角度看，可以**允许天界、人间、地狱之间的互通**。这也解释了为何台阶和梯子无论在祭祀典礼与奥义传授礼中或是在葬礼中都扮演了至关重要的角色，我们未曾提到的还有皇家或祭司的登基大典或者结婚庆典。不过，我们都知道，攀登和台阶的象征意象常常出现在精神分析的文学中，这也进一步说明我们探讨的是一种古老的人类心理行为，而不是一种“历史”的创造物，或者某一个历史时刻（古埃及或者吠陀印度等）造就的革新的产物。我只想举一例来说明这一重要的象征符号几乎随处可见。①

朱利安·格林在 1933 年 4 月 4 日的日记中写道：“在我所有的文字中，关于恐惧或者其他强烈的情感的表达似乎都与梯子有关，我也无法解释这种联系。昨天，当我重读以前写的所有小说的时候，我意识到了这一点……（之后是参考书目）我在思考的是如何能够不断地重复这样的表达而不自知的。小时候，我梦见在爬梯子，别人在下面追着我。我的母亲年轻时候也有类似的担心：也许我的身体里留存着什么……”

我们现在知道，为何在这位法国作家的笔下，恐惧的表达会

① 参见笔者：《杜罗哈纳与清醒梦》（*Durohâna and the «waking dream»*, *Art and Thought*, A volume in honor of the late Dr Ananda K. Coomaraswamy, London, 1947, pp.209 *sq.*）。

与梯子的意象有关,为何他作品中描述的所有戏剧性的事件——爱情、死亡、罪恶——都是在梯子上发生的。爬梯子或者升天都象征着**通往永恒现实之路**;而在世俗的认识中,接近这样的现实便会产生一种矛盾的情绪:既害怕又高兴,既被吸引又反感,等等。圣化、死亡、爱情、解脱,这种种表达都暗含在台阶的象征意义中。每一种存在方式其实都代表了世俗人类状况的消解,也就是说本体层级的断裂:通过爱情、死亡、圣化、形而上的认知,人从"非现实回到了现实中",正如《广林奥义书》中所说的那样。

然而,我们同时不应该忘记的是,台阶象征的所有这些事物,因为它被认为是处于"中心"的,因为它使存在的不同层级之间的互通成为可能,归根结底是因为它只是一个具象的图示,代表了神话中的梯子、藤蔓、蜘蛛网,以及连接宇宙三个不同空间的万能柱或宇宙树。

"中心"的构建

我们已经看到,不仅仅寺庙被认为处于"世界的中心",所有的圣地、所有在世俗空间当中具有神性的地方,也都被当作"中心"。人们可以建造这些圣地,但其建造过程从某种程度上说是构建宇宙起源,是在创造世界;这样的认识也是合理的,因为就像之前我们所说的,世界是从一个胚胎、一个“中心”被创造出来的。因此,比如吠陀火坛的建造模拟了世界的诞生,而火坛本身就是一个小宇宙,一个**意象世界**。据《百道梵书》记载,建造火坛时用来拌黏土的水便代表水之源,火坛地基用的黏土代表大地,两边的内壁代表了周遭环境,等等。(或许还应加一句,这一建造过程同样也是构建宇宙时间的过程,但篇幅有限,我们不能就此具体展开,可对照《永恒回归的神话:原型与重复》,p.122。)

因此,我们不必一味地强调:宗教历史上曾经历过无数次构建“中心”的仪式。但是有一点在我们看来至关重要:一旦原来的圣地、寺庙或者祭坛失去其宗教意义,那么人们就会找到并且使用其他诸如风水的、建筑的或者图形的方式来表达,但不管采用哪种形式,有时甚至是异常奇特的形式,它们代表的象征意义是完全相同的,即“中心”。我们以曼陀罗(mandala)[1]的建造和功用为例。“曼陀罗”这个词的原义是指“圆的周长”,藏族人把它有时翻译成“中心”,有时翻译成“围绕着的东西”。其实,**曼陀罗**代表的是画在一个正方形内的一系列圆圈,可以是同心,

① 参见《瑜伽术》(*Techniques du Yoga*, Paris: Gallimard, 1948, pp.185 *sq.*);朱塞佩·图齐(Giuseppe Tucci):《曼陀罗的理论与实践》(*Teoria e pratica del mandala*, Roma, 1949);关于曼陀罗的象征,参见荣格:《心理学与炼金术》(*Psychologie und Alchemie*, Zürich, 1950, pp. 187 *sq.*);《集体无意识的原型》(*Gestaltungen des Unbewussten*, Zürich, 1950, pp.187 *sq.*)。

也可以是不同心的；若将曼陀罗用彩线或者彩色米粉画在地上，密教万神殿里的各位神便能对号入座。因此曼陀罗可以代表一种**意象世界**，同时也象征着万神殿。对于新入教的教徒来说，奥义传授仪式就是深入到**曼陀罗**的各个不同区域，进入各个不同的层级的过程。一般认为，这种进入的仪式便等同于围着寺庙行走，或者逐渐地、一级一级地上升，直至寺庙最高处的“净土”。另一方面，新入教的教徒踏入**曼陀罗**也可看作进入迷宫而完成奥义传授仪式；而且，有些曼陀罗本身就带有强烈的迷宫色彩。曼陀罗的作用是尽量防止被复制，这一点和迷宫完全相同。一方面，新入教的教徒进入画在地上的曼陀罗等同于参加一次奥义传授仪式；另一方面，曼陀罗“保护”新入教的教徒免受不良外力的干扰，同时帮助他集中精神冥想，找到自我的“中心”。

在印度，无论我们俯瞰哪座寺庙，或者将其投射在平面图上，其形状都是一个曼陀罗。无论哪座寺庙，都和曼陀罗一样，既是小宇宙也是万神殿。为什么人们会在那个时候建造曼陀罗？为什么人们需要一个全新的“世界的中心”？原因很简单，因为某些表面笃信宗教的人需要拥有一种更加真实、更加世俗化的宗教体验，而传统的宗教典礼已经显得颇为僵化：要么建火坛，要么通过平台一级级升天，这些已无法满足他们寻求“中心”的需求。密宗信徒与古代人或者吠陀人不一样，他们需要一种个人体验来重新唤起对一些原始象征符号的认识。这也解释了为何某些密宗的教会学校不再使用外在可见的曼陀罗，而是将曼陀罗内化在心里。内化的曼陀罗可表现为两种形式：一种是纯粹的精神建设，它扮演着冥想“材料”的角色；另一种是将曼陀罗认同为自己的身体。前一种情况，信徒们在精神曼陀罗中引入瑜伽，形成一种集中精神的方式，同时“抵御”分神和诱惑的干扰。曼陀罗是“聚拢”的，抵御分散和不集中。将曼陀罗认同为自己的身体，反映出他们的一个愿望，即把神秘的生理等同于小宇宙。如果有人详加叙述如何利用瑜伽术进入所谓的“神秘身体”中，那么我们有可能被误导。其实我们只需知道，被视为宇宙生命与心理的交点的这些脉轮、“圆圈”不断地被重新激活，这等同于深入到曼陀罗内部的入教仪式。唤醒身体中的昆达里尼等同于本体层的断裂；也就是说，等同于全面地、有意识地实现“中心”的象征意义。

诚如我们前文中所说，曼陀罗同时地或者依次地可以成为一次具体的宗教仪式、一次内心冥想，或者一次神秘生理术的材料。这种多用途的存在，这种显现在多个方向上，但总体上一致的能力，恰恰是普遍意义上的中心象征的特点。这一点不难明白：所有人都向往中心，向往自己的中心，即使这是无意识的，因为这个中心赋予他完整的现实，“神性的现实”。处于实在的中心，处于世界的中心，可以与天界联结，这种欲望深深地印刻在所有人的心里，这也解释了为何“世界的中心”这一概念不断地被加以利用。之前，我们也看到，人类的居所被看作大千世界；炉灶或者散烟口等同于世界的中心。所以，几乎每家每户——和所有的寺庙、宫殿、城市一样——都处在唯一的、相同的一点上，这一点便是世界的中心。

不过这里是否存在着些许矛盾？所有的神话、象征符号或是宗教仪式都不约而同地强调**进入一个中心有多困难**；而另一方面，矛盾之处在于那些神话和宗教仪式都确信**这一中心是可以进入的**。比如说，去圣地朝圣很难，但不论去哪座教堂参加仪式都是一种朝圣。宇宙树是看不见摸不着的，但反过来，在每个帐篷里我们都可以看到它的存在。通往“中心”之路是充满千难万险的，可是每一座城市、每一座寺庙、每一户人家本身都**处于**世界的中心。尤利西斯经历的那些苦难和“磨炼”是虚构的，但每一条**归家之路**都“等同于”尤利西斯回到伊萨基岛。

这些似乎说明了**人只能在圣地，在“中心”生存**。我们看到，有些传统确实反映出人想要**不费吹灰之力**便处于“世界的中心”这样的欲望，而另一些传统则坚持认为，要进入世界的中心非常困难，但若能达成又是一件无上的**功德**。我们感兴趣的并不是构建任何一种传统的历史。最初的那个传统——允许在人居住的、“简易”的房子里建造“中心”——几乎随处可见，在我们看来这一传统才是最有价值的。它强调的是某种人类的处境,我们可以将其称作**对天堂的思念之情**。这里是指一种想要不费吹灰之力地一直处于世界的中心,处于实在之中的欲望。简单来说,就是自然地超越人类的状况,回到神性的状态,即基督徒口中所说的堕落之前的状态。①

为了给本章作一个总结,我们需要回顾一个欧洲神话,这个神话当然不仅仅间接地涉及中心的象征和宗教仪式,而且将这些融入到更为宽泛的象征体系中。这个神话就是关于帕尔齐法尔和捕鱼王的传说。② 老国王手握圣杯的秘密,但他患了一种罕见的疾病。而且,不单单只是他一个人受着病痛的折磨,他周遭的一切都变成了废墟,灰飞烟灭:宫殿、高塔、花园;动物不再繁殖,树也不再结果,水也枯竭了。无数的名医受邀来医治他的病——但毫无进展。骑士们不分昼夜地来到国王面前,询问国王的病情。只有一位骑士——穷困潦倒的、不为人知的,甚至看起来还有点可笑的——一点也不注重这样的礼节和形式。他的名字叫帕尔齐法尔。他完全无视宫廷礼数,直接走到国王跟前,直截了当地问他:“圣杯在哪里?”瞬间,所有的一切都变了:国王从病床上坐起来,河流和喷泉又开始流淌了,植物起死回生,宫殿神奇般地又矗立起来。帕西法尔的一句话让整个自然重新

① 参见《宗教历史论著》,p.326;《萨满教及古代入迷术》,pp.417,428。

② 《帕尔齐法尔》(*Perceval*, éd. Hucher, p.466);杰茜·韦斯顿(Jessie L. Weston):《从祭仪到神话》(*From Ritual to Romance*, Cambridge, 1920, pp.12 *sq.*),类似的神话还有比如关于高文爵士的传说等。

变得鲜活起来。但这短短的一句话揭露了最核心的问题，也是捕鱼王和整个宇宙唯一关心的问题：实在、神性、生命的中心、长生不死之源到底在哪里？圣杯到底在哪里？在帕尔齐法尔之前，没有人能想到提出这样一个关键的问题——于是整个世界黯然失色，这源于对形而上、对宗教的无视，源于想象的缺乏，源于对实在的不再渴求。

这一伟大欧洲神话中的小细节至少揭示出对中心的象征认识中，不为人所熟悉的一种观点：宇宙生命和人的救赎之间存在着一种亲密的共生关系。不仅如此，我们还应**将救赎作为一个问题提出来**，我们应该重视这个核心问题，即上述**这一**问题——唯有如此，宇宙才能生生不息。因为死亡——诚如这一神话片段中所描述的那样——常常只是我们将永生置之度外所造成的结果。

第二章　印度教中时间和永恒的象征

神话的功能

印度神话，在成为“印度的”之前，首先是“神话”，也就是说，它们是古代人类精神产物的一个特殊种类；因此，我们可以将它们与任何其他种类的传统神话进行比较。在介绍有关时间的印度神话之前，我们首先需要简要地回顾一下神话本身作为一种精神的原始表达形式与时间之间的关系。因此，神话除了在古代社会扮演的一些特殊角色之外（这个问题这里暂且不论），也可以启迪我们更好地认识时间的结构，这一点也非常重要。如今我们都得承认，神话讲述的是发生在**最初的**事件，也就是“一开始”发生的事件，也发生在原始的、尚未计时的某一刻，在神圣时间的某个间隔。这一虚构的、神性的时间与世俗的、我们非神圣化的日常存在中连续的、不可倒流的时间有着本质的差别。人们讲述神话的时候，常常会赋予发生了一系列事件的那个神性时间以现实意义。(这就是为什么在某些传统社会里，人们不能不讲究场合、不讲究方式地随意叙述神话：讲述神话只能发生在宗教节日期间、在荆棘丛林里、在夜晚，或者围着火堆，宗教典礼开始之前或结束之后等一些其他场合。)总之，神话被认为是发生在一段时间里——如果我们可以用“时间”这个词的话——一段超越时间性的时间，一个不持续的瞬间，这和某些神学家以及哲学家所讲的永恒是一样的。

认清这一事实非常重要，因为由此我们可以知道，讲述神话对于讲的人和听的人而言都不是一件随随便便的事。事实上，讲述神话的时候，世俗的时间——至少象征性地——被消解了：讲述者和听众被投射到神性的、神秘的时间之中。我们也曾在其他的研究①中提到，通过模仿典型范例和赋予神秘事件以新意义的方式来消解世俗的时间，这一行为成为所有传统社会一个特殊的音符，而这一音符本身就能将古代世界从我们现代社会中剥离出来。在传统社会中，人们有意识地、自愿地想要暂时性地取消时间，让过去消失，用一系列赋予宇宙起源学以现实意义的宗教仪式来重塑时间。我们暂时不就这个话题作具体的展开，否则就偏离我们的主题了。不过有一点需要强调，神话使人

① 参见《永恒回归的神话：原型与重复》，p.83。

脱离了属于他自己的时间，他个人的、线性的、“历史性”的时间——而把他至少象征性地投射到**伟大时间**中，投射到不可度量的、充满矛盾的时刻中，因为这个时刻不属于持续的时间间隔。这就说明，神话暗含了与时间、与周遭时间的断裂，而走上了一条通往“伟大时间”、神性的时间的道路。

当一个人聆听神话的时候，他会忘却世俗的状况，即现在我们经常说的“历史处境”。对一个人来说，并不是非要进入一种历史文明，他才能被认为处在某种“历史处境”中。以昆虫和草根为主要食物的澳大利亚人也同样在一种“历史处境”中，即一种被限定的处境，一种表现在某种意识形态、某种社会和经济组织形式中的处境；这样说来，澳大利亚人的处境很有可能是旧石器时代人的历史处境的一个变体。“历史处境”这个说法其中并不一定包含“历史”这个词的意思。历史处境单纯是指人类状况，换句话说，就是受到某种行为体系影响的状况。但是，无论是澳大利亚人，还是隶属于某种更为发达的文明中的个体，如中国人、印度人，或者某个欧洲发达国家的农民，他们在聆听神话的时候，某种程度上都会忘记自己的处境，然后投射到另一个世界，与他们日复一日所处的那个小天地完全不同的一个世界中去。

对于这些人中的任何一个个体来说，澳大利亚人也好，中国人、印度人、欧洲农民也好，神话都是**真实的**，因为神话是**被赋予**

神性的，因为神话讲述的是神性的存在和神性的事件。因此，在讲述或者在聆听神话的时候，人们重新建立了神性与现实性之间的联系，这样便能超越世俗的状况，超越“历史处境”。换句话说，我们超越了线性时间的限制，超越了盲目自满这一人类难逃的命数，因为所有人都是“无知的”，也就是说所有人都会将自己，将实在认同为自我的个别处境。无知的首要表现就是错误地将实在认同为我们每个人**表面上所成为的**和**表面上所拥有的**那样。政客认为唯一且真实的现实是政治权力，家财万贯的富人认为只有财富才是实在的，博学的学者认为只有自己的研究、自己的书、自己的藏书室才是实在的，以此类推。同样的思想倾向也存在于教化程度最低的人中，比如“原始人”和“野人”之中。唯一的差别是，在这些人眼里，神话还是活生生的。因此他们不会完全地、永不休止地将自己与非现实视为同一。定期地讲述神话将打破世俗幻象的铜墙铁壁。神话不断地赋予伟大时间以现实意义，而后将听众投射到超人类的、超历史的平面上，这样才能使听众接近个体世俗存在难以企及的“现实”。

关于时间的印度神话

有些印度神话颇为巧合地印证了神话的一个至关重要的功能，即“打破”个体和历史性的时间，赋予神秘的伟大时间以现实意义。我们这里以《梵转往世书》(*Brahmavaivarta Purâna*)中一段很有名的叙述为例,已逝德国印度学家海因里希·齐默尔在《印度艺术与文明中的神话与象征》①一书中也对这段叙述进行了引用和评述。这段叙述的功绩在于,将伟大时间作为认知工具和摆脱幻象(摩耶,Mâyâ)束缚的开端加以介绍。

因陀罗(Indra)在战胜恶龙弗栗多(Vrtra)之后,决定重新翻修、装饰一下王宫。神工匠毗首羯磨(Viçvakarman)经过一年的时间,终于成功建造了一座富丽堂皇的宫殿。可是因陀罗并不满意,他想把王宫造得更大、更加雄伟,成为举世无双的建筑。毗首羯磨费尽心机、精疲力竭,就在造物神大梵天(Brahma)面前抱怨。大梵天答应帮助他,于是请至高无上的主神之一毗湿奴(Visnu)来调解,大梵天也只是这位主神的一枚棋子罢了。毗湿奴答应让因陀罗不再异想天开。

一天,因陀罗在自己的王宫里接见了一位衣衫褴褛的年轻人。原来他就是毗湿奴,打扮成这样就是为了羞辱天神之主。毗湿奴没有一下子亮出自己的身份,而是称因陀罗为"我的孩子",并开始告诉他,此时此刻,已经有无数的因陀罗充斥着数不胜数的宇宙。他说:"一个因陀罗的生命和王威持续 71 个永

① 参见海因里希·齐默尔(Heinrich Zimmer):《印度艺术与文明中的神话与象征》(*Myths and Symbols in Indian Art and Civilisation*, edited by Joseph Campbell, New York, 1946, The Bollingen Series, VI, pp.3 *sq.*)。

世轮回（一个轮回包括12 000个天年，也就是4 320 000年）；梵的一个昼夜相当于因陀罗的28次存在。但是一个大梵天的存在，用大梵天的日和夜计算的话，只有108年。大梵天一个紧接着一个；一个倒下去，一个又爬起来。所以是数不胜数的。这些大梵天的数量是没有止境的——更不要说因陀罗的数量！……

"每一个宇宙都有自己的大梵天和因陀罗，那么怎样估算这些宇宙的数量呢？宇宙在视线最远处之外，在所有可以想象的空间之外，诞生之后又消失，无限地循环。这些宇宙犹如一叶轻舟，在深不见底的净水上漂浮，这片净水形成了毗湿奴的身体。这个身体的每一个毛孔里都升起一个宇宙，到一定程度又爆裂炸开。难道这样你还能自信地以为可以数出这些宇宙的数量？难道你还能计算出所有这些宇宙里的所有神的数量——包括所有现在的宇宙和过去的宇宙？"

正当年轻人侃侃而谈的时候，王宫的大殿上出现了一长排的蚂蚁。一大群蚂蚁排成长达两米的长龙，在地板上大摇大摆地爬行。年轻人看到了这群蚂蚁，突然停了下来，而后又一惊一乍地，突然哈哈大笑起来。因陀罗问他："你笑什么？"年轻人答道："因陀罗，我看到一群蚂蚁，它们排成长队，大摇大摆地在这里爬。这里的每一只蚂蚁原来都是因陀罗。和你现在是一样的，因为坚守虔诚的美德，它们每一个都曾荣升为天神之王。可现如今，经过一次次的转世，每一个又变成了蚂蚁。现在这群蚂蚁其实原来就是一个个因陀罗……”

因陀罗听完如醍醐灌顶，终于明白自己的傲慢和野心都是虚荣心作祟。他叫来了受人尊敬的神工匠毗首羯磨，给予了他丰厚的报酬，并且永久放弃了扩大自己的王宫。

这则神话的用意是显而易见的。不计其数的宇宙在毗湿奴的身体里出现又从他的身体里消失，如此骇人听闻的故事竟然一下子唤醒了因陀罗，或者说，迫使他超越了有限的眼界，超越了被天神之王的“处境”牢牢禁锢的视野。我们甚至还可以加一句：被他的“历史处境”牢牢禁锢的视野；因为因陀罗认为在这个历史时刻，在宇宙空间的宏伟剧作中的某一幕中，自己就是天神中的伟大战神。因陀罗从毗湿奴的口中听到了一则**真实的故事**：这个故事真真切切地讲述了世界不断地创造又不断地毁灭，永无休止；而与这则故事相比，他自己的故事，与恶龙搏斗过程中无数英勇的事迹似乎都像是“虚构的故事”，也就是说这些事迹缺少超越的意义。**真实的故事**为他揭示了伟大时间、神性的时间。这才是所有生命体、所有宇宙空间发生的事件真正的源泉。其原因就在于神性的时间可以超越被历史所限制的“处境”，并能撕开由世俗时间，即自身的“历史”所形成的虚幻面纱，因陀罗正是认识到了神性的时间才从傲慢和无知的深渊中脱身出来；用基督徒的话来说，他被“救赎”了。神话所扮演的救赎者的角色不仅体现在因陀罗身上，而且对聆听神话的每一个人而言都有同样的作用。超越世俗时间，寻找神性的伟大时间，等同于揭示终极的现实、完全形而上的现实，只有通过神话和象征符号才能慢慢接近的现实。

这则神话还有后续发展，在之后的章节里我们会再提到。现在我们想进一步明确的是，毗湿奴用一种很生动的方式阐述的这一轮回的、无限的时间概念，其实是泛印度的宇宙轮回概念。宇宙周期性地被创造，周期性地被毁灭，这样的信仰早在《阿闼婆吠陀》中便已经出现，而且是每个古代社会所共有的世界观。

关于“瑜伽”的学说

印度有一种关于宇宙轮回的学说，将周期性的创造和消灭夸大到令人瞠目结舌的程度。轮回的最小度量单位是 yuga，意为“纪元”。每个纪元之前是“黎明”，之后是“黄昏”，黎明和黄昏连接着不同的纪元。一个完整的轮回周期或者说玛哈纪元（mahâ yuga）包含着四个长短不一的“纪元”，时间最长的往往出现在周期的伊始，最短的出现在周期的末尾。这些纪元的命名源于掷骰子游戏中的每一“局”。卡拉纪元（又译圆满世，Krta yuga，来自动词 kr，即做、完成的意思）意为“完满的时代”；也就是说，在掷骰子游戏中，赢的那一局，即掷出 4 个点。印度的传统认为 4 这个数字象征着全部、完整、完美。圆满世就是完美的时代，因此又被称为黄金纪元（satya yuga），即“真实的时代”，代表着真实、真确、完美。无论从哪一个角度看，圆满世都是黄金的时代、被赐福的时代，坚守正义，幸福满满，富裕空前。在整个圆满世，宇宙的道德准则（dharma）完整严格地被遵守。而且，所有生命都是自觉、不加约束地遵守这些准则，因为在圆满世的时代，道德准则某种程度上被视为人的存在本身。圆满世时代的完人代表着宇宙的规范，因此这些规范也是道德法则。完人的存在是具有典型性的，有原型意义的。在一些非印度的传统中，这一黄金纪元等同于最初的极乐时代。

圆满世之后是特瑞塔纪元（tretâ yuga），意为“三合一”，这一命名源自掷骰子游戏中掷出 3 个点的一局，也暗示了一种倒退。人们不再百分之百地遵守宇宙的道德准则，而只是遵守其中的四分之三。劳作、伤痛与死亡成为人必须承受和经历的事。履行责任不再是自觉的行为，而是需要被教化的。四大种姓各不相同的生活方式也开始发生变化。都瓦帕尔纪元（dvâpara yuga）又称二分时，即以“2”为特征的年代，人们只坚守一半的宇宙道德准则。恶习与不幸的数量不断增加，人的寿命也大大缩短。在喀历纪元（Kali yuga），“邪恶的时代”，人们只遵守四分之一的道德准则。Kali 这个词表示掷出 1 个点，代表这一局输了（化身为恶神）；kali 还有一层意思是指“争执、不合”，通俗地讲,就是一群人或者一堆物之中最坏的那个。喀历纪元中的人和社会都处于分崩离析的边缘。据《毗湿奴往世书》记载,喀历纪元的明显表征是,在这一时代,唯有财产才能决定社会地位,财富成为善的唯一来源,激情和情欲成为维系夫妻关系的唯一保证,虚假与欺骗成为生命中成功的唯一条件,性欲成为获得快感的唯一手段,单纯仪式性的宗教信仰与修行混为一谈。①毫无疑问,几千年以来,我们一直身处在喀历纪元。

4、3、2、1 这四个数字不仅标示着每个纪元不断缩短的时间,而且意味着宇宙道德准则逐渐地被放弃,这恰恰与人寿命的不断缩短、社会风化的不断沦丧、智力水平的不断下降相吻合。某些印度的教会学校将"认识的衰退"(jñâna bramça)学说与轮回理论相关联。

我们可以用不同的方法推算出这四个纪元相对持续的时间:这完全取决于我们对年的定义,也就是说,这取决于我们计算的是人类通常意义上的年,还是包含着 360 个普通年的"天年"。我们可以举几个例子。据某些资料②记载,卡拉纪元持续 4 000 年,加上 400 年的"黎明"和 400 年的"黄昏";之后的特瑞塔纪元持续 3 000 年,都瓦帕尔纪元持续 2 000 年,喀历纪元持续 1 000 年(当然还要加上每个纪元相应数量的"黎明"和等

① 《毗湿奴往世书》(*Visnu Purâna*,IV,24)。
② 《摩奴》(*Manu*,1,69);《摩诃婆罗多》(*Mahâbhârata*,III,12,826)。

量的“黄昏”）。因此，一个完整的周期，一个摩诃纪元，包含有12 000年。从一个纪元过渡到另一个纪元一般发生在“黄昏”阶段，“黄昏”预示着每个纪元逐渐衰弱的趋势，每个纪元最终都在黑暗中结束。当逐渐临近一个周期的末尾，也就是经历了四个纪元到最后一个纪元即将结束的时候，“黑暗”便重重压来。最后一个纪元，也就是我们现在所处的这个纪元，被认为是典型的“黑暗时代”，其实这是个文字游戏，喀历时代与时母（Kâlî，音译为迦梨）关联在一起，时母的字面意思就是“黑色”。迦梨只是湿婆神的妻子时母众多名字中的一个。我们还必须提到的是，迦梨这个名字与另一个梵文中的词kâla非常接近，kâla意为“时间”：迦梨不仅仅代表着“黑色”，也是时间的化身。[①] 无论我们在词源学上如何考究，kâla（“时间”）、迦梨女神和喀历纪元这三个词至少从结构上看是非常接近的：时间是“黑色的”，因为时间是非理性的、冷酷的、无情的，而迦梨女神和所有其他女神一样，掌握时间、打造天命、完成天命。

一个完整的周期，或者说一个摩诃纪元，会以“解体”告终，而这一“解体”会在第一个周期结束时，以更加激烈的方式再次发生（玛哈解体，即“大解体”）。因为之后的计算从量上将进一步扩大，而且将无限地复制原始步骤：创造—毁灭—再创造，将

① 对照普鲁伊路斯基（J. Przyluski）：《从女神时母到迦梨》，载《印度历史季刊》（“From the Goddess to Kâla”, *Indian Historical Quarterly*, 1938, pp.267 *sq.*）。

最小的度量单位纪元投射到更加广泛的周期中。完整摩诃纪元的 12 000 年被视为一个“天年”，每一个天年包含有 360 年，因此一个宇宙周期总共是 4 320 000 年。1 000 个摩诃纪元组成一个劫波（Kalpa），意为“形式”；14 个劫波形成一个曼梵达拉期（manvantâra）（这样命名，是因为人们认为每一个曼梵达拉期都受到人类始祖摩奴的控制）。一个劫波可以相当于大梵天一个白昼的生命，一个劫波也可以相当于其一个夜晚的生命。这样大梵天经历的一百“年”，也就是 3 110 千亿人类普通年，相当于神的寿命。不过，就算大梵天的生命可以经历这么长时间，它也还是有限的，是可以用时间来表示的，因为神灵们并不是长生不死的，而相对地，宇宙间的创造和毁灭却生生不息、永无止境。

在如此庞大的数字之中，我们需要注意的只是宇宙时间周期性的、轮回的特征。其实我们每个人都经历着同一现象（创造—毁灭—再创造）的周而复始，这一现象在所有的纪元中（“黎明”和“黄昏”）都有会发生的征兆，但只有在摩诃纪元中才能完全地被实现。大梵天的生命包含 256 万个这样的摩诃纪元，每个摩诃纪元都有着同样的发展轨迹（卡拉纪元、特瑞塔纪元、都瓦帕尔纪元、喀历纪元）并最后以解体告终，以“诸神的黄昏”告终。（“彻底”的毁灭，是指宇宙金卵的彻底瓦解，这发生在大解体的每一个劫波末期。需要说明的是，大解体包括了所有“形态”的消退，所有在未显现的、最初的造化势能中生命存在形式的解体。从神性的角度来说，一切都存在于原始海洋之中，而主神毗湿奴就沉睡在这片海面上。）

我们在这些大量的数字背后已经注意到两点，一是从形而上的角度，**人的生命被贬低成历史**[①]——因时间原因，因持续的时间长短的不一，人的生命会耗尽本身的所有物质，最终导致所有**形态**的**损伤**；二是关于**完美起源**的神话，即我们这里所看到的普世的传统（关于极乐世界的神话，极乐世界因为被实现、被构建，并具有时间的持续性，而渐渐变成了失乐园）。除这两点以外，还值得引起我们重视的是宇宙的基本发展规律，即无休止的周而复始：周期性的毁灭和再创造。人只能求助于获得精神自由的行为，否则无法挣脱这样一个无头无尾的轮回。这样的轮回也是幻象在宇宙中的表现形式（印度救赎论中提出的所有解决办法都只不过是为了满足对宇宙空间预设的幻象和精神自由）。

另外两大异教学说，佛教和耆那教，大体上也都接受了关于时间轮回的泛印度学说，并将有周期性的时间比作发出 12 道光的光轮（这一形象在吠陀文献中已经被用到。参见《阿闼婆吠陀》，X，8，4；《梨俱吠陀》，I，164，115 等）。佛教也采用劫波作

① 参见《永恒回归的神话：原型与重复》，p.170 *sq. et passim.*。

为宇宙轮回的度量单位,并划分出数量不一的劫,经典中常用到"无以计数的"这个词(asamkhyeya,巴利文是 asankheyya,意为"无数劫")。一些巴利文的资料普遍提到有四个无数劫和十万个劫波。在大乘佛教的经典当中,"无以计数"的数字基本在3、7和33这三个数字之间变化,而且这三个数字与不同宇宙的菩萨的使命有关。在佛教传统中,人的不断堕落是用人的寿命不断缩短来表示的。因此,《长部》(II,2—7)提到在第一个佛毗婆尸佛(Vipassi)出现的时候,即在91个劫波之前,人的寿命一般是8万年;第二个佛尸弃佛(Sikhi)出现的时候(31个劫波之前),人的寿命是7万年,以此类推。到了第七个佛释迦牟尼佛出现的时候,人的寿命只有100年了,也就是说已经到达寿命的下限。(在伊朗末世论的著作中,我们找到了同样的类推模式。)但是,无论是在佛教中,还是在整个印度思辨哲学中,时间都是无限的;菩萨象征着永恒,传播着拯救众生的好消息。摆脱时间、打破生命不变的轮回,唯一的办法就是消解人的状况,使其获得涅槃重生。而且,所有这些"无数劫"和所有这些永世同时具有一种救赎功能:只要静静地冥想这整个过程,人就会感觉害怕,就会被迫地"意识到"他必须成千上万次地重复这样短暂的一生,永无休止地承受这些同样的痛苦,因此他会更加想要逃避。换句话说,他会更加有彻底地超越"现有的"状况的动力。

宇宙时间和历史

我们需要在这里澄清一点：时间是无穷无尽的，宇宙的创造和毁灭是无限轮回的，这样的观点归根结底是永恒回归的神话，将永恒回归视作"认知的工具"和获得自由的途径。从伟大时间的角度看，所有的存在都是短暂的、不稳定的、转瞬即逝的。从主要的宇宙节奏来看，也就是从摩诃纪元、劫波、曼梵达拉期的角度看，不仅人类存在和历史本身——所有的王朝、朝代，无以计数的革命和反革命——都是昙花一现的，或者从某种程度上说是不真实的；而且宇宙本身也毫无实在性可言。因为前文已经提到，宇宙是不断地从毗湿奴身体的无数毛孔里诞生而后又像气泡一样消失在海面上。存在于时间"之中"从本体论上来说就是一种非存在、非实在性。正是在这一层意思上，我们可以理解印度唯心主义哲学的表达，其中最典型的要数吠檀多，它主张世界是虚幻的，世界缺少实在性：世界没有实在性是因为世界的存在时间是有限的，因为从永恒回归的角度来说，这种有限的存在时间就是一种非持续的时间。比如，这张桌子是非实在的，并不是说从字面意思上说它真的不存在，而是因为从我们所说的这层意思上，它的存在将会是一种幻象；因为，它的存在眼下虽不是幻象，即此时此刻，它是存在的；可它是虚幻的，原因在于一万年或者是几万年之后，这张桌子将不再存在。有历史记载的世界、几百几千代人不畏辛劳建立起来的社会和文明，这所有的一切都是虚幻的，因为就宇宙节奏而言，有历史记载的世界只存在于一瞬间。吠檀多派哲人、佛教徒、瑜伽修行者、苦行僧等，他们从无穷时间和永恒回归的结论中得到启示之后，纷纷放弃了现世的世界转而寻求绝对实在；因为他们只有认识到绝对才能摆脱幻象，撕开摩耶（即“自我的幻象”）的神秘面纱。

然而，放弃现世世界并不是印度人发现时间周期性无限轮回的特征之后产生的唯一结果。如今我们更加确定，印度并不只是单纯地否定世界和彻底地排斥世界。印度的精神信仰始终是从坚信宇宙固有的非实在性出发，规划出一条并不非要靠苦行和放弃世界而获得的出路。比如说，克里希那（Krishna）在《薄伽梵歌》（*Bhagavad-Gîtâ*）[①]中训导的道路："phalatrsnavairagya"，即“放弃由行动获得的果实”，放弃由行动带来的好处但并不放弃行动本身。我们前文中描述的毗湿奴和因陀罗神话的后续发展也是对这样一条道路的解释。

其实，因陀罗在受到毗湿奴的羞辱之后，放弃了作为战神的使命，归隐山林，过起了最严苛的苦行僧生活。换句话说，他想

① 对照《薄伽梵歌》（*Bhagavad-Gîtâ*，IV，20）；参见笔者：《瑜伽术》，pp.141 *sq.*。

要从发现世界的浮华和非实在性的过程中得出唯一合理的结论。他和悉达多王子的处境一样，悉达多王子也是放弃了自己的宫殿，将众王妃留在迦毗罗卫城，然后自己过起了苦修生活。但是我们不禁会想，一个众神之王、一个丈夫，是否真的有权利从完全形而上的启示中得出这样的结论，他们的撒手走人和苦修生活难道不会打破世界的平衡？事实上，没过多久，他的王妃因被弃而伤心不已，于是恳请祈祷主布拉斯帕蒂的帮助。布拉斯帕蒂牵着王妃的手，向因陀罗走去，苦口婆心地告诉他，不是仅仅静修的生活益处多多，现实的生活也很重要，这样的生活才是这个现实世界中完整的生活。于是，因陀罗又得到了第二重启示：他明白每个人都有一条属于自己的路要走，有自己的使命要完成；归根到底，也就是说要履行自己的责任。既然他的使命和责任是继续当因陀罗，那么从此他又过起了因陀罗的生活，继续英勇奋战，不过再也不目中无人，也不妄自尊大，因为他已经明白所有“处境”的虚华，即使是众神之王也不例外……

这则神话的后续其实重建了一种平衡：因陀罗竭尽全力地成为普世存在，以此摆脱自身历史的处境，却徒劳无功，这样做并没有意义。重要的是内心要一直谨记伟大时间（Grand Temps）的概念，履行在历史的时间中被不断赋予的责任。这正是克里希那在《薄伽梵歌》中告诉阿周那（Arjuna）的道理。和世界各地的古老社会一样，在印度，人们通过定期地讲述神话来使伟大时间的概念深入人心，这样做便可无限延长某种**秩序**，一种同时是形而上的、伦理的、社会的秩序，一种不会盲目崇拜伟大历史的秩序；神性时间的观念会使历史时间的任何一个碎片都变得虚无缥缈。

诚如我们之前看到的，周期性无穷时间的神话粉碎了由微小的时间片段，或者说历史事件编织起来的幻象，同时也揭示出宇宙的不稳定性和宇宙本体论上的非实在性，以及我们的自我拯救之路。其实，我们可以从摩耶（幻象）的束缚中摆脱出来，要么是用静修的方法，放弃现世世界，实施苦行或者一些神秘的方法；要么是走一条更积极的路，继续留在现世世界，但不再沾沾自喜于“由行动获得的成果”。无论采用哪种方法，关键是不能**单单**相信产生和消失在时间中的各种形式的实在性：我们必须永远保持清醒，谨记这些形式只有在自身的参照面上才是“真实的”，而从本体论上来说，它们都没有实质。前文中我们已经提到过，时间可以成为认知的工具，从这个意义上来说，只要把一件物或者一个生命体投射到宇宙时间的平面上，我们就能立刻意识到其非实在性。与毗湿奴的摩耶相关的一些神话都会高歌时间宏大节奏这一视角，因为它对修正认识论和救赎论起到了重要作用。

这里我们以一则神话为例，这则神话是对罗摩克里希纳(Sri Ramakrishna)所述故事[①]作出的现代化的、民间化的改编。著名苦行僧那烂陀长老(Nârada)经过多年苦修,终于获得了毗湿奴的恩赐,毗湿奴出现在他面前并许诺可以帮他实现任何一个愿望。那烂陀对他说:“请让我见识一下你摩耶的法力。”毗湿奴答应了,并示意那烂陀跟着他走。过了一会儿,他们走到了一条杳无人烟的路上。烈日当头,毗湿奴口渴,请求那烂陀走到几百米之外的一个小村庄里,为他取水解渴。那烂陀急急忙忙赶到小村庄,敲开第一座屋子的门。开门的是一位美丽动人的年轻女子。苦行僧盯着她看了很长时间,竟然忘了他赶到这里的目的。他走进屋子,年轻女子的父母像迎接圣人一样,对他礼待有加。时间一天天地过去,那烂陀最终娶了这位女子,享受了婚姻带来的幸福,也体验到农耕生活的辛劳。十二年过去了,那烂陀已经是三个孩子的父亲。岳父过世之后,他又继承了整个农场。但是到了第十三年,连日暴雨淹没了整个地区。一夜之间,牛羊被淹死,屋子也倒塌了。那烂陀一手牵着妻子,一手拉着两个孩子,肩上扛着幼子,在一大片洪水中艰难前行。但是他一时不堪重负,脚下一滑,幼子掉入水中。那烂陀放开另外两个孩子的手,想要把幼子拉起来,可是为时已晚:幼子已经

① 《罗摩克里希纳福音》(*The Sayings of Sri Ramakrishna*, édition de Madras, 1938, Book IV, chapter 22)。这一神话的另一版本可参见齐默尔(H. Zimmer)的《神话与象征》(*Myths and Symbols*, pp.27 *sq.*)中引述的《鱼往世书》(*Matsya Purâna*)。

被激流冲到更远的地方。而当他试图去找幼子的时候，另外两个孩子也被洪水吞没了，接着他的妻子也消失在激流中。那烂陀自己最终也跌落在水中，失去了意识。他像一块木头一样随着水流漂来漂去。最后他被冲到了一块岩石边，醒来的时候，他想起自己遭遇的种种不幸，不禁号啕大哭。突然，他听到了一个熟悉的声音："我的孩子！我让你帮我取的水在哪里？我已经等了你足足半个多小时！"那烂陀转过身望向远方。毁灭一切的激流已经退去，眼前是烈日下发着光的大片无人耕种的田野。"你现在明白我摩耶的奥秘了吧？"毗湿奴向他问道。

显然，那烂陀无法确信自己已然参透一切；但是至少他明白了一件至关重要的事情，那就是毗湿奴的宇宙摩耶是通过时间来显现的。

"对时间的恐惧"

时间轮回的神话，也就是宇宙周期无限重复，这并不是印度思辨哲学的独创。诚如我们在其他的研究中①提到的那样，在传统社会里，时间的表现形式很难被理解，因为时间是通过象征

① 参见《永恒回归的神话：原型与重复》。

符号或者宗教仪式来表达的,而我们往往参不透这些符号和仪式的深奥意义,传统社会将人的有限存在不仅视为某些原型和典型行为无限的周而复始,而且被当作一种**永恒的重新开始**。其实,无论是通过象征符号还是宗教仪式,世界总是周期性地被重新创造。宇宙起源论至少每年都会重复一次,而宇宙起源的神话同样也被当作一种典范而广泛用于各种行为形式中,如缔结婚约、疾病痊愈等等。

这些神话和宗教仪式的意义到底是什么?那就是世界在快速地诞生、分裂、消亡、重新诞生。混沌和以新的创造结束混沌的宇宙起源的行为总是周而复始地不断更替着。年,或者说我们所理解的年的概念,等同于世界和宇宙的创造、持续和毁灭。世界周期性的创造和毁灭,这一观点尽管在植物有规律的枯萎和复苏中变得更加让人确信,但是很有可能并不是农耕社会的产物。我们可以在原始狩猎时代的神话中找到同样的观点,但它似乎更像是太阴结构的概念。月亮其实能反映出最细微的周期性变化,因此一些与月亮有关的词首先被用作时间的标记。月亮变化的周期总是从"创造"(新月)开始,而后变大(满月),接着又变小直至"消亡"(三个夜晚没有月亮)。月亮不断地产生又消亡,这一永恒的形象也许有助于原始人更加坚信自己对生死轮回的直觉感受,而后体现在世界的周期性创造和毁灭的神话中。有关洪水的最原始的神话呈现的就是与月亮相关的结构和源头。每次洪水退去，神祖就会创造出一种新人类。但是，这个神祖常常是以一只太阴动物的面貌出现。（从人种学上说，太阴动物是指那些生命呈现某种更迭状态的动物，也就是说周期性地出现和消失的动物。）

因此对于“原始人”而言，时间的轮回、世界被创造和毁灭的周期性、月亮的象征意义，即“诞生—死亡—重生”，在大量的神话和宗教仪式中都表现得非常明显。关于世界纪元和宇宙轮回的泛印度学说的形成，正是沿用了这样一个远古便已产生的观点。当然，月亮周而复始地诞生、消亡、复苏，这样一个典型形象在印度哲思中也被作了极大的改动。瑜伽的天文学解释很有可能受到了巴比伦宇宙论和天文学思想的影响。但我们这里不讨论美索不达米亚文明对印度可能产生的这些历史影响。我们想澄清的是这样一个事实：印度人不断大胆地延长宇宙轮回的时间，增加宇宙轮回的次数，其实带有救赎的目的。因为宇宙周而复始地无休止地诞生、重生，由此又引发了受到宇宙道德准则约束的人类的周而复始无休止的诞生、重生，印度人害怕了，因此**被迫**为这一宇宙轮回和无穷的转世找到一条出路。某些学派或神秘教派的信徒，为了寻求人类脱离苦海，摆脱“诞生—死亡—重生”的轮回魔咒，盗用了宇宙轮回的神话形象，并加以发挥，为他们自己传播宗教所用。对于后吠陀时期的印度人，也就是发现“存在的痛苦”的印度人来说，永恒回归等同于由宇宙道德准则约束的转世的无限轮回。此在的世界是虚幻的、短暂的，是轮回(sâmsara)的世界，是充满着痛苦和无知的世界，是由时间驱动的世界。逃离此在的世界获得救赎，那就等同于摆脱宇宙的时间。

印度教中消解时间的象征

在梵文中，kâla 这个词既能表示一段时间，持续的一段时间间隔，也可以表示某一个时刻——这与所有的欧洲语言是一样的(比如，"What *time* is *now*?" **现在**是**几点**?)。在一些更古老的经书中可以看到所有宇宙空间和一切可能存在物的时间性特征："时间孕育了曾经已经发生的一切和将要发生的一切。"(《阿闼婆吠陀》，XIX，54，3)在一些奥义书中，梵作为宇宙统一神、绝对存在，既被认为是时间的超越者，也被认为是存在于时间中所有一切的源泉和基石："神掌控着已经发生的一切和将要发生的一切，他本身既是现在也是未来。"(《卡那奥义书》，IV，13)克里希那表现出宇宙之神的样子，对阿周那说："我是时间，我会慢慢地毁灭整个世界。"(《薄伽梵歌》，XI，32)

我们都知道，《阿闼婆吠陀》区分了梵，即宇宙统一神的两种面貌："有肉身的和无肉身的、必死的和不死的、固定的和活动的等等。"(《广林奥义书》，II，3，1)这再次说明，无论是宇宙明显的还是不明显的那一面，无论是神受限制还是不受限制的行为模式，都是建立在“一”的基础上，建立在将所有的极、所有的对立相统一的梵的基础上。但是，《慈氏奥义书》（VII，11，8）在明确指出时间层面上宇宙统一神的两级时，又对梵的“两种形式（dve rupe）”作出了区分（也就是说同一本质［tad ekam］的“两种特性［dvaitibhâva］”显现的面貌），比如“时间和无时间”（kâlaç-câkalaç-ca）。换句话说，时间和永恒一样，都是同一起源的两个方面：在婆罗门教里，流淌的当下（nunc fluens）和永恒的当下（nunc stans）是重合的。《慈氏奥义书》中还写道，“在太阳之前的是无时间（akâla）和无划分（akala）；和太阳一起开始的是被划分成一个个阶段（sakala）的时间，它的形式就是年……”

“在太阳之前”这一表述或许可以从宇宙学的层面加以理解，指的是在创世之前，因为在摩诃纪元和劫波之间，在宇宙的巨大黑夜期间，持续的时间已经不存在了。而这一表述更有可能运用在形而上学和救赎论上，也就是说这一表述指出了获得神启之人的矛盾处境，他成了**jivanmukla**，即“生命中被拯救的人”，因此他超越了时间，也就是说他不再存在于时间的流逝中。其实《歌者奥义书》（III，11）也提到对于智者，对于获得神启之人，太阳是静止的。“一旦太阳升到天顶，那么不会再有日出，也不会有日落。它将孤零零地留在中心（ekala eva madhyhe sthâlâ）。因此有这样的诗句：‘那里（也就是在梵的超越世界里）

永不会有日出，也永不会有日落……’太阳既不会升起也不会落下；为了了解婆罗门教义的人，太阳将永久地（sakrt）留在天上。”

当然，这里描绘的是一幅感性的超越画面：在天顶，也就是在天穹的顶端，在“世界的中心”，人只有在那里才可能实现三大宇宙区域的互通和不同层级的断裂，而太阳（等同于时间）为了“领悟之人”，一动不动地待在那里。尽管不合常理，但流淌的当下变成了永恒的当下。人通过神启、领悟实现了逃离时间的奇迹。在吠陀经典和奥义书里，获得神启的那个充满矛盾的瞬间常常被比作电光闪现。例如：“梵灵光乍现，突然明白过来。”（《卡那奥义书》，Ⅳ，4，4）“电光闪现中，出现的是真理。”（《考史多启奥义书》，Ⅳ，2）（我们知道在希腊玄学和基督教神秘学中也有“电光闪现——获得精神启迪”这样的画面。）

我们就这一神秘的形象再赘述几句。天顶——既是世界的顶端，也是典型的“中心”，是宇宙之轴穿过的无穷小的一点。我们在前面一个章节中已经论述了这一象征对于古代思想的重要作用。[①] “中心”代表圆满的点，它并不属于世俗的、几何的空间，而是属于神性的空间，只有这样一个空间才能实现与天、与地狱的交流；换句话说，“中心”是不合常理的，各层级断裂的地方，是感性世界可以被超越的点。只有超越宇宙，超越被创造出

① 对照前文“‘中心’的象征”。

来的世界，才能超越光阴，超越时间，才能实现停滞，获得超越时间的永恒现实。

超越空间的行为和超越时间长河的行为相互关联，这一点在一则讲述佛出世的神话中表达得非常清楚。《中部》（III，123）中讲道，“菩萨一出生，便双脚下地，稳稳地站在地上，他北行七步，撑着白色的阳伞。他细细查看了四面八方，用公牛般粗粗的声音说：‘我是世界的最高点、世界之最、世界上最年长的人。这次是我最后一次出世，从此以后我不会再有新的生命。’”这一则关于佛出世的神话在之后的《长阿含经》《律藏》和一些佛教经典中[1]都有提及，当然也遭到了一些改编。佛在世界顶点迈出的七大步，也常常在佛教的艺术和画集中被描绘出来。“七步”的象征意义还是比较明显的。[2] 当佛说“我是世界的最高点”的时候，表达的就是一种**空间超越**。他走过的其实是宇宙的七级台阶，我们知道这七级台阶对应的就是七大天体，而后到达“世界的最高点”。而且，正因如此，他也同样超越了时间，因为从印度的宇宙学观点来看，创世开始的那个点便是世界的顶点，而这个点也同时是最“古老”的地方。这就是为何佛会大

① 拉莫特（Etienne Lomotte）翻译的《大智度论》（Mahâprajñâpâra-mitaçastra）中有一条很长的注解，其中整理了最重要的一些经文。对照《龙树的〈大智度论〉》（*Le Traité de la Grande Vertu de Sagesse de Nâgârjuna*, t. I, Louvain, 1944, pp.6 *sq.*）。

② 对照笔者：《佛行七步》（«Les Sept Pas du Bouddha», *Pro Regno pro Sanctuario*, Hommage Van der Leeuw, Nijkerk, 1950, pp.169—175）。

声说:“我是世界上最年长的人。”因为在佛到达宇宙最高点的同时,他就成了**与世界开端同时诞生的人**。他神奇般地消解了时间,消解了创世,并将自己置身于先于宇宙起源的某个时刻。宇宙时间的不可逆性,这条对所有生活在幻象中的人而言的可怕法则,对佛来说完全是无关痛痒的。对佛来说,时间是可逆的,甚至是可以被预知的;因为佛不仅通晓过去,也通晓将来。这里需要强调的是,佛不仅有能力消解时间,而且还能让时光倒流(反方向的),这一点和尚与瑜伽修行者也可以做到,他们在进入涅槃或者三昧(samâdhi)之前,都会进行一次“向后转”,这样才能去了解自己的前世。

“破壳的卵”

前文中我们提到佛跨越七个宇宙层级,将自身投射到世界的“中心”,同时让他进入创世之前的无时间性的某一刻,以此来超越空间,超越时间。除了这一形象之外,还有另一种形象也巧妙地将时间和空间的象征意义联系起来。保罗·穆斯在一篇论文中特别提到的《分别部》①中佛与乔达摩的一段对话,值得

① 《经分别,波罗夷》(*Suttavibhanga*, *Pârâjika* I, I, 4);对照 H.奥尔登伯格:《菩萨》(*Le Bouddha*, trad. A. Foucher, pp.364—365);保罗·穆斯(Paul Mus):《佛教神话中可逆时间的概念》,节选自《高等研究实践学院年刊 1938—1939》(«La Notion de temps réversible dans la mythologie bouddhique», extrait de *l'Annuaire de l' École pratique des Hautes Études*, Section des Sciences religieuses, 1938—1939, Melun, 1939, p.13)。

引起我们的关注:“一只母鸡下了一窝蛋,佛说,有八颗、十颗或者一打,母鸡把蛋压在身下,让它们足够暖和,慢慢地孵蛋;于是当其中一只小鸡,第一个用鸡爪尖或鸡嘴戳破蛋壳,兴高采烈地从蛋里面出来,这只小鸡该怎么称呼呢?是称它为最年长的还是最年轻的?——‘应该称它是最年长的,’受人尊敬的乔达摩说,‘因为它是小鸡之中年纪最大的。——同样的道理,哦,婆罗门僧侣,所有生活在无知中的人就像封闭和禁锢在一颗鸡蛋里一样,我打碎了蛋壳,象征无知的外壳;我是世界上唯一获得这份幸运,获得万众敬仰的人。所以,婆罗门僧侣,我就是所有人中最年长、最高贵的人。’”

正如保罗·穆斯所说,这是“朴实又迷惑人的图像。要理解这段话,必须首先认清,婆罗门教的入教仪式被认为是赋予人第二次生命。新入教的人,常常被称为 dvija,即‘二次诞生的人’。然而,鸟、蛇等一些动物,只要是从卵里面孵化出来的,也同样被这样称呼。下蛋被视作‘第一次生命’,也就是人类的自然出生。破卵而出则对应入教带来的超自然的生命。而且,婆罗门教还规定了这样的原则,即婆罗门教徒处于社会的最高等级,不论生理年龄的大小或者血缘关系的亲疏,都是非教徒的长辈”①。

---

① 参见穆斯:《佛教神话中可逆时间的概念》,pp.13—14。

不过还不仅如此。“依据婆罗门的传统，最初的创世主便是从宇宙金卵里诞生的，创世主有着各种各样不同的称呼，如金胎（Hiranyagarbha）、创世之父或创世之主（Prajâpati）、火神阿格尼（Agni），或者梵（祭祀的教义，经文，圣歌的歌词，等，都是被神化的），那么如何在不与婆罗门传统中的宇宙卵概念相关联，又将佛的超自然出世等同于包裹着宇宙‘首个新生儿’的卵的破裂这样的前提下，即从形而上的角度去描述佛的出世？我们都知道‘宇宙卵’在形式上等同于‘年’这一象征宇宙时间的概念：周期性时间的另一面：轮回（samsâra），恰与神话中的卵完全吻合。”①

因此，超越时间的行为同时通过宇宙学象征和空间象征得以表达。打破卵的外壳在佛的寓言中相当于打破**轮回**，打破生命之轮，也就意味着**既超越了宇宙空间，又超越了周期性的时间**。在这里，佛同样也用到了我们在吠陀经典和奥义书中经常看到的一些相似形象。《歌者奥义书》中在天顶静止不动的太阳其实也是一个空间象征，代表逃离宇宙这一不合常理的行为，它给人带来的冲击与佛教中破壳的卵这一形象如出一辙。我们可以看到，在瑜伽和各种密教的教义中，类似的象征超越的原型形象还有很多。

---

①　参见穆斯：《佛教神话中可逆时间的概念》，p.14，注释 I。

佛教的时间观

佛的七步和宇宙卵都象征着时间的**可逆性**,我们在之后的章节会对这一不合常理的过程详细论述。在此之前,我们有必要先对佛教,特别是大乘佛教[1]当中所说的时间观作一个简单的介绍。在佛教中,时间也是由相续的长河(samtâna)构成的,因此时间是流动的、变幻无常的,时间中显现的一切"形状"不仅是转瞬即逝的,而且本体上也是非实在的。大乘佛教的佛学家对所谓的时间的瞬间性,即时间的变幻无常作了大量评述,说到底就是当下时刻不断地变成过去,变为不存在,由此体现出当下的非实在性。斯彻巴斯基写道,对于佛学家来说,"存在与不存在并不是同一事物的两个不同的表象,而是**事物本身**"。诚如寂护论师(Santaraksita)所说,"所有存在的本质是其本身的瞬间性,(由无数的)停滞和毁灭构成的瞬间性"[2]。寂护论师这里

---

① 斯彻巴斯基(Th. Stcherbatzky)的《佛教逻辑》(«Bibliotheca Buddhica», *Buddhist Logic*, Leningrad, 1930—1932)的两卷中都可以找到相关的内容,还有在路易·德·瓦雷-普散(Louis dela Vallée-Poussin)丰富的回忆材料中也可以找到关于时间的论争,参见《佛教与中国的结合》(*Mélanges chinois et bouddhiques*, V, Bruxelles, 1937, pp. 1—158)。也可参见施耶(S. Schayer)的《印度哲学中时间问题的思考》(*Contributions to the problem of Time in indian philosophy*, Cracovie, 1938)以及阿南达·库玛拉斯瓦米(Ananda K. Coomaraswamy)的《时间与永恒》(*Time and Eternity*, Ascona, 1947, pp.30 *sq.*)。

② 《真理要集》(*Tavvta sangraha*),p.137;斯彻巴斯基:《佛教逻辑》,I,p.94。

影射的毁灭并不是经验论上的毁灭，比如花瓶掉落在地上被摔碎，而是所有参与时间的存在，其内在的不断虚无化。这也解释了为何世亲菩萨（Vasubandhu）会这样写："因为虚无化是瞬间的、不间断的，并不存在（真正的）运动。"①运动因此也就是时间本身，是相续的光阴，是一种实用主义的公设，这和佛教中个体的"我"也是实用主义的公设是一样的；但是作为概念，这里的运动对应的不是外在的现实，因为它是我们自己构建的"某一事物"。感性世界变幻无常、转瞬即逝、不间断的虚无化，成为大乘佛教中的典型说法，以此表达时间世界的非实在性。从大乘佛教的时间观中我们可以得出这样的结论：对于佛学家来说，运动是不连续的，"运动是由一系列的静止构成的"（斯彻巴斯基）。但恰如库玛拉斯瓦米十分精辟地指出："一条线并不是由无穷个点组成的，但看起来就是点的连续体。"世亲菩萨自己也是这样说的："时刻的进展是连续不断的。"Samtâna 这个词，斯彻巴斯基把它翻译成"系列"，而从词源学上来看，它是"连续体"的意思。

以上所述并不是全新的发现。从事佛教研究的逻辑学家和玄学家唯一致力的事情便是彻底弄清泛印度范围内对存在于时

① 《俱舍论》第4卷第一章，由库玛拉斯瓦米引用。参见路易·德·瓦雷-普散翻译及评论的《世亲菩萨的俱舍论》（*L'Abhidharmakoça de Vasubandhu*, vol. 5, Paris, 1923—1931）。

间中的所有本体非实在性的直觉认识。时间的流动性遮蔽了其非实在性。获得永福的唯一希望和途径就是依靠佛，因为他揭示了佛法（Dharma，绝对真理），指明了涅槃重生之路。佛在告诫中不厌其烦地表达出这样一个核心意义：一切受约束的都是非实在的。而他也不忘再加一句："这不是我（na me so attâ）。"因为佛自己就是佛法，所以他是"单个的，非组合的"（asamkhata）以及"非时间的，无时间的"（akâliko，正如《增支部》中所说［IV，359—406］）。佛无数次地说他"超越了永世"，他"不是处在永世中的人"，也就是说他并不参与到轮回的时间长河中，他超越了宇宙时间。[①]《相应部》（I，141）中说，"佛是既没有过去也没有未来的"。对于佛来说，所有的时间都变成了现在（《清净道论》，411）；这也就是说，佛消解了时间的不可逆性。

秘教所说的全部当下、永恒当下，也就是停滞、不持续。若是用空间象征意义来表达，不持续、永恒当下就是**静止不动**。而为了描述佛或被拯救的不受约束的状态，佛教——和瑜伽一样——都会用到一些与静止、停滞有关的词汇。"思维固定的人"（《长部》，II，157）"精神固化的人"（《长部》，I，57）"固定的，不动的"等等。不要忘记瑜伽的第一个，也是最简单的一个定义是

① 参见《南传经集》（*Sutta Nipâta*, pp.373, 860）等，包括其他一些经文均由库玛拉斯瓦米搜集整理（*op. cit.*, pp.40 *sq.*）。

由帕坦伽利(Patañjali)在《瑜伽经》(*Yoga-Sûtra*,I,2)中给出的:yogah cittavrttinirodhah,意思是:“瑜伽是摒除意识状态的行为。”但是摒除意识状态并不是终极目的。瑜伽一开始是使流动着的意识状态、心理精神“停下”“静止不动”。(nirodha 这个词最普遍的意思是“限制”“阻碍”,其实就是禁锢、封闭。)至于意识状态“停下”“静止不动”会对瑜伽中的时间体验产生怎样的影响,我们在之后的章节中会有论述。

“思维固定的人”常认为时间是不会流淌的,因此这样的人活在永恒的现在,永恒的当下(nunc stans)。一刹那、现在的一刻、当下,用梵文说是 ksana,用巴利文说是 khana。[①] 正是因为有当下(ksana),有“一瞬间”,时间才有了度量单位。不过这个词还有一个意思是“有利的时刻、机会”,而对于佛来说,只有利用这样一个“有利的瞬间”才能逃离时间。佛因此告诫我们“不要错失机会”,因为“错失机会的人会哀叹不已”。他赞赏那些“抓住了机会”的和尚,而可怜那些“让机会溜走”的和尚(《相应部》,IV,126)。这就是说,在宇宙时间中长途跋涉之后,经历无数的存在之后,人们有神启。如大乘佛教的经典中所称的“神启”,其实说的就是对现实的领悟是瞬间发生的,如同一道电光一样。这恰好与我们之前在奥义书中看到的用电光的象征来形容言语

① 参见路易·德·瓦雷-普散(«Notes sur le *moment* ou ksana des bouddhistes», *Rooznik Orientalistczny*, vol. VIII, 1931, pp.1—13);以及库玛拉斯瓦米(*op. cit.*, pp.56 *sq.*)。

的比喻是不谋而合的。某个瞬间、某个当下，会变成“有利的时刻”，不合常理的刹那，暂停了时间的连续性，将和尚投射到永恒的当下、永恒的现在之中。这一永恒的现在再也不属于时间，再也不属于相续的光阴，与我们世俗的“现在”，与那个短暂地出现在过去和将来两个非实体中间，随着我们的死亡而终止的转瞬即逝的现在有着本质的差别。神启这一“有利的时刻”或与电光一样，让人醍醐灌顶，或与对神学的痴迷一样，始终在时间之外不合常理地持续着。

形象与悖论

值得注意的是，所有用来表示“逃离时间”这一不合常理的行为的形象同样也可以用来表示**从蒙昧走向光明的转变**（或者用其他的词，从“死”到“生”，从受约束到无约束，等等）。大体上我们可以把这些形象分成三大类：第一类，表示时间的消解，由层级的断裂走向光明的形象（“破壳的卵”“灵光”“佛行七步”等等）；第二类，表达一种**不可思议的处境**（太阳在天顶静止不动，意识状态停止流动，瑜伽修行中呼吸的完全停止，等等）；第三类，“有利的时刻”的形象，时间碎片转变成“神启”的瞬间。第二类和第三类形象其实也表达了层级之间的断裂，因为这些形象揭示的是从世俗层面“正常”的状态到“有悖常理”的状态之间的矛盾转变，或者说，其中暗含了时刻内部发生的物质性改变（我们都知道，从世俗时间走向宗教仪式促成的神性时间，同样也是通过“层级之间的断裂”实现的：神性时间不会使宗教仪式所需要耗费的世俗时间变长，但却会反常地延长最后一场宗教仪式的时间。[①]）。

这些形象的构成并不会让我们觉得意外。关于超越的所有象征都是反常的，都难以在世俗的层面上被理解。最常用来表示层级之间的断裂和进入到“另一个世界”，超感觉的世界（也许是死人的世界或者神灵的世界）的象征符号，是“艰难的走道”，是剃刀的刀刃。“在剃刀的刀片上行走是多么困难，诗人们常常这样说以表达（通往至高认识的）路之艰难”，《迦塔奥义书》（III，14）如是说。《马太福音》（VII，14）里还有一句话：“通往天国的是窄门和小路，只有很少数人才能找到。”“窄门”、剃刀刀刃、危险的独木桥，都是表现这一象征意义的不同方式。另一些形象则向我们展示了一种明显没有出路的境地。传授宗教奥义故事的主人公必须经过“昼夜交汇的地方”，或者在一堵根本看不到门的墙上找到一扇门，或者经过一条狭窄的、瞬间开合的通道进入天国，又或者从永动的两个石轮之间、两块一直互相碰撞的岩石之间、魔鬼的上下颚

① 对照《宗教历史论著》，p.332。

之间穿过，等等。① 所有这些神话形象都反映出**必须要超越对立物，消除构成人类状况特征的极性，才能到达终极现实**。诚如库玛拉斯瓦米所说："人如果想要从此世被带到彼世，或者从彼世返回，都必须要在一个线性的、非时间的间隔中完成，这一间隔隔开了一些既相互关联又互相排斥的力，人只能瞬间在这些力中穿过。"②

事实上，如果说，印度的宗教思想认为世事是由对立物的存在所决定的，那么解脱（亦即世事的消解）则等同于超越对立物的不受约束的状态，或者是对立物相互重合的状态。我们还记得《慈氏奥义书》以存在的明显与不明显两方面为参照，区分了梵的"两种形式"："时间"与"无时间"。在贤人看来，梵起到了典型的示范作用：被拯救是对"梵的效仿"。也就是说，对于"领悟之人"来说，"时间"和"无时间"失去了作为对立物的张力：这两者不再是泾渭分明的。为了形象地表达这一因消解了"矛盾"而产生的尴尬处境，印度的宗教思想也和其他古老宗教一样，会采用一些本身结构中就暗含了对立矛盾的神话形

① 参见库克（A. B. Cook），《宙斯》的附录 P：《浮岛》（«Floating island», *Zeus*, III, 2, Cambridge, 1940, pp. 975—1016）；阿南达·库玛拉斯瓦米：《叙姆普勒加得斯》（"Symplegades", *Studies and Essays of the History of Science and Learning offered in Homage to George Sarton*, New York, 1947, pp.463—488）；笔者：《萨满教及古代人迷术》（pp.119 *sq. et passim.*）。

② 《叙姆普勒加得斯》，*Symplegades*，p.486。

象（比如在一堵根本看不到门的墙上找到一扇门等等）。

“刹那”转变成“有利的时刻”，这一形象充分体现出对立物之间的重合。表面上，**世俗时间的某个碎片与神启产生的非时间的刹那是难以区分的**。若要深入理解这一形象的结构和功能，那我们就必须要回顾一下神圣辩证法：某一事物变成显圣物，成为凝聚神圣的东西，可另一边又继续处在周遭的宇宙空间中，这似乎是矛盾的（一块**神圣的**石头也只是一块**石头**而已，等等[①]）。由此看来，“有利的时刻”表现的便是对立物重合的悖论，这一形象甚至比那些本身带有对立性的形象（比如太阳的静止不动等等），表现出了更为明显的矛盾冲突。

“逃离时间”的方法

神启，跳出时间之外的反常一跃，都被记录在一门古老的学科中，这门学科既包含一种哲思，又不乏神学的方法。我们可以回顾一下几种以使时间长河停滞为目的的方法。最通用的也是真正意义上泛印度的方法是调息法（pranâyâma），即使呼吸变得有节奏。有一点很重要，需要特别指出：尽管瑜伽修行的最终目的是超越世事，但它却是从重建和改善世事状况开始的，通过

① 关于神圣辩证法，可参见《宗教历史论著》，p.15。

赋予修行以一定的规模和威严而使世俗人难以接近。这里并没有特别指向哈达瑜伽,哈达瑜伽是专门以实现对自己身与心的绝对掌控为目的的。但是所有形式的瑜伽都包含着一种预设,那就是世俗人——脆弱的、分散的、受制于自己的身体的、无法实现真正的精神活动的人——向圣人的转变:生理上健康,完全可以掌控自己的身体和内心世界,能够集中精神,有自我意识的人。瑜伽修行试图最终超越的就是这样一个完人,而不仅仅是世俗的人和每天庸庸碌碌的人。

用宇宙学的术语来说(宇宙学同时是深入理解印度宗教思想的一把钥匙),**瑜伽试图从完美的宇宙出发**——而不是从混沌的状态出发,从而**超越宇宙本身**的状况。然而,世俗人从生理到心理都完全处于一种混沌的状态。瑜伽修行的伊始便将混沌形成一个有机体,或者说始于宇宙学上所说的,将修行宇宙化。调息法,是使呼吸变得有节奏,以此慢慢改变宇宙中的瑜伽修行者[①]:对他们而言,呼吸不再是没有节奏的,思想不再是散乱的,内心精神力的流动不再是杂乱无章的。瑜伽修行者调整气息的过程其实也作用于已逝的光阴。瑜伽修行者在调息练习的过程中无法体验另一种性质的时间。我们很难描述出这一过程中对已逝

① 对照《印度东方艺术界学刊》("Cosmical homology and Yoga", *Journal of the Indian Society of Oriental Art*, Calcutta, 1937, pp.188—203);关于调息法,参见《瑜伽术》, pp.75 *sq.*。

光阴的体验;已逝的光阴被视为快乐的时光,犹如美妙音乐带来的听觉享受,爱情带来的悸动与狂喜,祷告带来的安宁与满足。可以肯定的是,通过逐步减缓呼吸的速度,使吸气和呼气慢慢变得悠长,并尽可能地延长吸与呼之间的时间间隔,瑜伽修行者体验到的是一种与我们的时间完全不同的时间。[①]

我们认为调息法中有两点非常重要：一是瑜伽始于将人的身体和心理精神“宇宙化”;二是运用调息法,瑜伽修行者可以随心所欲地进入已逝光阴的不同的时间节奏中。帕坦伽利用特别精练的话告诫说:“控制时刻以及时刻之间的相续性。”(《瑜伽经》,3,52)此后一些关于瑜伽密教教义的论著对这里所说的“控制”时间作出了更为详细的阐述。比如我们在《时轮秘法》(*Kâlacafratantra*)中便能找到更加深入的阐释：这是将吸气和呼气与昼夜更替相联系,与半月、月、年的相续性相联系,慢慢

---

① 调息法很有可能对瑜伽修行者的生理产生重大的影响。我自己在这方面没有经验,但是在印度的瑞诗凯诗,甚至在喜马拉雅山上,我见到一些瑜伽修行者进食很少,却保持着非常好的身体状态,这有些出乎我的意料。在瑞诗凯诗,我的一位邻居是托钵裸僧,几乎每天都要花整个晚上的时间练习调息法,而每天的饭量只有一小把米。他的身体状态好得像个运动员：他没有表现出任何的饥饿或者疲劳。我一直在想,他是如何做到不感觉饿的。他告诉我说:“我只活在白天。一进入夜晚,我把呼吸的次数减少到白天的十分之一。”我不太确定自己是不是真的理解他想表达的意思,不过可能他的意思也只是生命的延续是通过吸气和呼气的次数来衡量的,因此,到了晚上,他把呼气吸气的次数减少到工常的十分之 ,也就是说,我们活的十个小时,他只活了十分之一,就是一个小时。如果用呼吸的时间来算的话,一天24个小时,而他呼吸的时间只有12—13个小时,换句话说,他身体的磨损和老化的程度比我们一般人要慢得多;所以,**他并不是每24个小时只吃一小把米的量,而是每12个小时或每13个小时**。当然,这些只是我的推测,我也不是特别有把握。但据我所知,目前还没有出现一种令人满意的说法,能够解释为何瑜伽修行者能一直保持令人惊艳的**年轻状态**。

进入宇宙最大的轮回。[1] 也就是说,瑜伽修行者通过调节自己的呼吸节奏,重复着,或从某种程度上重新经历宇宙伟大时间以及宇宙周期性的创造和毁灭的过程。瑜伽修行有着双重目的:一方面,瑜伽修行者将自我呼吸的瞬间认同于宇宙伟大时间的节奏,因而实现时间的相对性,说到底是实现时间的非实在性。而另一方面,瑜伽修行者借此获得时间长河的可逆性,也就是说可以倒退到过去,重新经历之前的存在,并“烧毁”(借用经典中的这个词)之前行为的后果,他摒弃这些行为,以消除这些行为带来的业力结果。

我们猜测,在调息法的练习中,修行者怀着一种想要重新经历宇宙伟大时间的强烈愿望。这有点像我们在前文中提到的那烂陀的例子,不过这里是自觉的、有意识的行为。无论我们的猜测是否属实,我们都有理由将两大“神秘经脉”,即左侧经脉(ida)和右侧经脉(pringala)比作月亮和太阳。[2] 我们知道,在瑜伽的神秘生命力中,左侧经脉和右侧经脉是人身体里生命能量流动的必经渠道。将这两大神秘经脉比作太阳和月亮是对我

---

① 《时轮秘法》,引自马里奥·卡热里(Mario E. Carelli),时轮部分的前言(“Gaekzad Oriental Series”, *Sekoddesatîkâ of Nadapâda*, *being a commentary of Sekoddesa Section of the Kâlacakra Tantra*, vol. XC, Baroda, 1941)。

② 参见巴格奇(P. C. Bagchi):《时轮的一些术语》,载《加尔各答东方学刊》(“Some Technical terms of the Tantras”, *The Calcutta Oriental Journal*, I, 2, novembre 1934, pp.75—88);以及沙士波胡散·达斯古塔(Shashibhusan Dasgupta):《神秘宗教崇拜》(*Obscure religious cults*, Calcutta, 1946, p.274)。

们所谓的瑜伽修行者“宇宙化”过程的一种补充。修行者的神秘身体变成了一个小宇宙。吸气对应太阳的运行,也就是白昼;呼气对应月亮的活动,也就是黑夜。因此,瑜伽修行者的呼吸节奏能够与宇宙伟大时间的节奏完美地吻合。

然而,瑜伽修行者的呼吸节奏融合在宇宙伟大时间的节奏中,但并没有消解时间本身;只是改变了节奏:瑜伽修行者经历一种宇宙时间,但他还是生活在时间之中。但是,他的终极目的是摆脱时间的束缚。若修行者能顺利地将流经左侧经脉和右侧经脉的两股生命能量合并在一起,那么他就能达到这样的目的。瑜伽修行的整个过程很难用三言两语解释清楚,简单说来,就是瑜伽修行者屏住呼吸,合并两大能量流,将能量流集中到一起,然后让所有的能量流流经第三条“经脉”,即中央经脉(susumna),处于“中心”位置的经脉。不过,《哈达瑜伽之光》(IV,16—17)也说,“中央经脉吞噬时间”。将左侧经脉和右侧经脉两大神秘经脉,即两极的能量流合并在一起是很矛盾的,这相当于要把太阳和月亮合并在一起。换句话说,相当于取消宇宙,将矛盾对立的双方统一。这再次证明瑜伽修行者既超越了被创造的宇宙,也超越了支配宇宙的时间。我们可以回想一下之前提到的佛将卵壳打碎的神话形象。这和瑜伽修行者将所有的呼吸“集中”在中央经脉是一样的:他打碎自己小宇宙的外壳,超越了被制约于时间中的世界。大量的瑜伽经典和密教教义都影射了这一不受约束、非时间的状态，在这样的状态里，“既没有白昼也没有黑夜”，“既没有疾病，也不会老去”，这些都是与“逃离时间”近似的朴素的表达。从时间层面上说，超越“白天与黑夜”，就是说**超越矛盾对立**，相应地，在空间层面上就是通过“窄门”。瑜伽密教的这一体验都是为三昧（samâdhi）作的准备，并加快其实现的进程，三昧这种状态常常被翻译成“恍惚”，不过我们还是更倾向于翻译成“内聚”。瑜伽修行者通过修行最终成为“在世解脱者”（jivan-mukta），即尘世中获得解脱的人。我们无法想象这样一个人的存在，因为他是个矛盾体。如果我们非要相信“在世解脱者”的存在，那就是说他不再活在时间里，不再活在我们所属的这个时间——而是活在永恒的现在，永恒的当下，博伊斯（Boèce）所定义的那个永恒中。

然而，我们刚才提到的瑜伽密教的这一过程并不能代表印度教中“逃离时间”的全部方法。从某种程度上甚至可以说瑜伽本身追求的是从被时间奴役的状态中解脱。所有集中注意力或者瑜伽冥想的修行都是将修行者“孤立起来”，使其摆脱生命的能量流，以此减弱时间对他施加的影响。除此之外，还有“消除潜意识”，“燃烧”瑜伽修行者追求的习气净化（vâsanâs）等方法。我们知道瑜伽非常看重潜意识的生命，vâsanâs 这个词便是此意。“习气的源头可以在记忆中找到”，毗耶舍如是说。[1] 但这里不仅仅指个体的记忆,印度教徒理解的个体记忆不仅包括当下存在的记忆,也包括无数后世存在的业力的影响。Vâsanâs 还指向所有的集体记忆,通过语言和传统代代相传的记忆:这其实有点类似荣格教授所说的集体无意识。

瑜伽修行者不断地修正潜意识,并最终将其“净化”“燃烧”“毁灭”[2],其目的是**从记忆中解脱出来**,也就是说消除**时间的使命**。这并不是印度教独有的。我们知道,像埃克哈特大师(Maître Eckardt)这样一位有名的神秘主义者也多次说“没有比时间更大的障碍能阻止与神的联结”,他还说时间会阻碍人洞悉神灵等等。说到这里,我们不能不提及一点,古老社会总是会定期“毁灭”世界,以期能够将世界“重塑”,进而能在一个“全新的”世界,一个没有“原罪”,或者说没有“历史”,也没有**记忆**的世界上生活。大量定期举行的宗教仪式也同样寻求集体性地“清理原罪”(比如公开的忏悔,用动物祭祀来给人类替罪等等),总之就是**清除过去**。我们看到,这所有的一切都证明从古代社会的人到隶属于大型历史宗教的狂热信仰者,他们之间不存在具有延续性的解决办法:尽管两者采取的方法不同,但他

① 参见毗耶舍对《瑜伽经》的评论,IV,9。

② 在西方心理学家看来,这样的假定很有可能是不成立甚至是危险的。我们拒绝加入任何相关的论争,但必须指出,一方面,印度智者和瑜伽修行者的心理学是非常特殊的;另一方面,西方学者对瑜伽修行者的心理现实并不了解。

们同样耗尽全力去对抗**记忆**,对抗时间。

然而,贬低时间在玄学上的意义和与“记忆”对抗并不能全然概括印度宗教思想在时间和历史两个概念上的立场。不要忘记因陀罗和那烂陀神话带给我们的启示:摩耶是通过时间表现出来的,但摩耶本身只是绝对存在(等同于湿婆[Çiva],毗湿奴)的一种创造力,或者更准确地说,是宇宙起源力。也就是说,归根结底,**宇宙的巨大幻象是一种显圣物**。这一真理,在神话中通过一系列形象和“故事”得到揭示,并在多部奥义书[①]和后世的哲学著作中得到了系统的阐发:换句话说,宇宙万物最重要的基石同时是由摩耶和绝对存在的神构成的,是由幻象和现实构成的,是由时间和永恒构成的。一些大乘佛教的哲人(如龙树菩萨[Nâgârjuna]),尤其是一些密教的教派,如佛教(金刚乘[Vajrayâna])和印度教,在将所有的对立矛盾认同为同一、普遍性的空(çunya)之后也会得出类似的结论。我们若了解印度宗教是多么渴望超越矛盾,超越两极的张力,统一实在,重新进入最原初的存在,那么我们也就不会对这些结论感到意外。要是作为摩耶的时间本身也是神性的外现,那么活在时间里也就不能算是一种“恶的行为”。“恶的行为”认为在时间之外不存在任何其他事物。我们被时间吞没,并不是因为我们活

① 参见前文“印度教中消解时间的象征”中的相关内容。

在时间之中，而是因为我们相信了时间的实在性，因此忘记或者轻视了永恒。

这个结论很重要，因为现在很多人都倾向于认为印度的宗教思想只是一些比较极端化的、被过度“专业化”的观点，而且只有智者和笃信之人才能理解，但是，不要忘记诸多神话都揭示出泛印度的观点。事实上，在世解脱者获得的“逃离时间”相当于一种内聚，也相当于一种一般人无法企及的恍惚状态。但是，即便“逃离时间”是获得解脱的唯一捷径，那也并不意味着所有没有获得解脱的人就得沦落到蒙昧和被奴役的可悲境地。诚如因陀罗和那烂陀神话告诉我们的，只要清醒地认识到时间本体的非实在性，“洞察”宇宙伟大时间的轮回节奏，就能摆脱幻象。总而言之，印度宗教对时间的看法，除了为人所熟知的两种：一种是纯粹活在相续的时间和幻想中（如无知者），一种是想方设法“逃离时间”（如智者或瑜伽修行者）；其实在这两者之间还有第三种态度，那就是既生存在属于自身的时间之中（历史的时间），又试图理解伟大时间的意义，始终意识到历史时间的非实在性。因陀罗的第二则启示揭示的便是这样一种状况，而《薄伽梵歌》中也有大量相关的阐述。印度的宗教经典也不乏对这种状况的叙述，并主要为非宗教和现代印度的统治者所用。从一定程度上看，第三种态度是“原始人”看待时间的立场的一种延续。

第三章 “束缚之神”与结的象征

可怕的大主神

我们都知道，乔治·杜梅吉尔在印欧神话中可怕的大主神的研究这一方面作出了巨大贡献，他指出：其一，在最高统治权力内部，大主神与掌管律法的神互相抗衡（如伐楼拿与密多罗相抗衡，朱庇特与菲得斯相抗衡）；其二，与那些打打杀杀，常诉诸武力解决问题的战神相比，大主神则掌控着另一件武器，那就是魔法。“因此，神话中从不曾提及伐楼拿上战场，但伐楼拿却一直被视作是最不可战胜的神。他最有力的武器就是‘阿修罗的摩耶’，即主神的魔法，是创造有形与无形事物的力量，是能让他统治和平衡世界的魔力。而且这一武器常常以绑带、结、绳索等形式出现，无论是实物的或者虚构的。与伐楼拿相对应的，是战神因陀罗，他是战争的神，掌控雷雨的神，他是在无数决斗、危机、悬而未决的战争中最终获胜的英雄。”神之间相抗衡的状态在希腊神话中也同样可以找到：宙斯外出征战，经历无数艰难的战争，“而乌拉诺斯却从不参加战斗，跟他相关的传说中找不到一点描述他征战的痕迹，而事实上他又是最可怕、最难被废黜的王：只要他一出手，总能准确无误地固定住那些潜在的对手，应该更明确地说是‘束缚’，即用锁链锁住他们，把他们送进地狱，而那些对手其实也是非常厉害的角色。”北欧神话中也有类似的故事：“尽管奥丁是老大，是阳间和阴间的战神。但无论是在散文《埃达》(*Edda*)还是在诗体《埃达》里的奥丁都不会亲自上战场……他有着一切‘天赐的’魔法，如分身术、瞬间转移的能力、易容术、不断变形的能力，尤其是让对手变瞎，变聋，四肢无法动弹，甚至瞬间使他们的武器失去一切威力的本事……”①还有在古罗马的神话中，朱庇特具有各种各样的魔法，在战斗中如同一个无所不能的巫师，而他的对手战神玛尔斯则只能用普通的、纯军事的手段。② 这样的对立在印度则表现得更为明显：例如，因陀罗“解开”伐楼拿用来“捆绑”作为祭品

① 乔治·杜梅吉尔(Georges Dumézil)：《日耳曼诸神与神话》(*Mythes et Dieux des Germains*, Paris, 1939, pp.21 *sq.*, 27 *sq.*)；《朱庇特、玛尔斯、奎里努斯》(*Jupiter, Mars, Quirinus*, Paris, 1941, pp.79 *sq.*)；亦可对照《乌拉诺斯-伐楼拿》(*Ouranós-Varuna*, Paris, 1934, *passim.*)。

② 杜梅吉尔：《密特拉-伐楼拿》(*Mitra-Varuna*, Paris, 1940, p.33)；《朱庇特、玛尔斯、奎里努斯》，p.81 *sq.*。

的活人的绳子,救了他们。①

我们在杜梅吉尔教授的研究中,还可以看到“捆绑”与“松绑”之间的对立在一些具体的宗教仪式和宗教传统中均有呈现。罗穆卢斯(Romulus),“享有极高威望的可怕的独裁者,能用无所不能的绳索束缚人,创立神父团体(Luperques)和狂热的私人卫队”②,他在“历史化”了的古罗马神话中就相当于伐楼拿、乌拉诺斯和朱庇特。从某种意义上说,他所象征的原型可以解释他个人的以及后世认为他所创立的社会宗教机构的“故事”,他就是印欧文明中有魔法的大主神,实施“束缚”的人。杜梅吉尔教授还特别提到了《普鲁塔克文集》(*Plutarque*)中的一篇文章(*Romulus*,26),其中讲道,经常有“随身带着棍子,腰间系着皮带的人,他们驱散开人群,随时准备接收罗穆卢斯的命令,束缚住他想束缚的人”③,他们走在罗穆卢斯前面,为他开路。罗穆卢斯创立的神父团体作为一个有魔力的宗教团体,属于骑士阶级,因此团体成员作为骑士,都佩戴着一枚指环(《密特拉-伐楼拿》,p.16)。相反的,朱兹特神的祭

---

① 杜梅吉尔:《弗拉门-婆罗门》(*Flamen-brahman*, Paris, 1935, pp.34 *sq.*);《密特拉-伐楼拿》,pp.79 *sq.*。

② 《贺拉斯和库里阿斯兄弟》(*Horace et les Curiaces*),1942,p.68。

③ 《密特拉-伐楼拿》,p.72;对照让·巴耶(Jean Bayet)在《宗教历史评论》(*Rev. Hist. des Religions*, CXXIV, 1941, p.194)中的论述。在《普鲁塔克文集》的《日耳曼问题67》中,指出 lictores 词本身来源于 ligare,杜梅吉尔认为完全没有理由“摒弃 lictor 与 ligare 之间原有的联系:lictor 可能是源自 ligere 动词词根,ligare 也许也是源于此,这和 dicere 与 dicare 的关系是一样的”(同上,p.72)。

司作为严肃宗教、司法、国家的象征,既不能骑马(Aulu-Gelle, X,15),也不能“佩戴非全新、非空心的指环”。“有一个戴着锁链的人走进(朱兹特神的祭司家中),得有人帮他解开锁链,这些锁链要经过受雨天井升到屋顶上,然后从屋顶扔到大街上。他(祭司)身上不佩戴结,帽子上、腰带上,其他任何地方都没有类似结的物品。若是有人被带到祭司面前要接受笞鞭之刑,而他又愿意跪地求饶,那么要是再让他受刑,便是犯了渎圣之罪。”①

杜梅吉尔教授所述的资料和精到的分析已无须赘述。我们关注的是另一个问题:我们想要从更大的范围来对比“束缚之神”和“束缚”魔力的表现形式,并试图从中探求其意义,厘清有魔力的神权在其他宗教与印欧文明中相比所起的不同作用。当然,我们也不可能对这个问题论述得面面俱到,事实上这方面已经有了相当数量的论文和专著。② 而且我们的初衷还是从方法

① Aulu-Gelle,X,15,米农译本,对照塞尔维乌斯(Servius),*in Aen*, III, p.607;黑肯巴赫(J. Heckenbach),(« De nuditate sacra sacrisque vinculis », *R. V. V.*, IX, 3, Giessen, 1911, pp.69 *sq.*);杜梅吉尔:《弗拉门-婆罗门》,p.66。

② 黑肯巴赫之后的另一部著作也值得一提,弗雷泽(Frazer):《禁忌与灵魂磨难》(*Tabou et les périls de l'âme*, trad. Française par Henri Peyre, Paris, 1927, pp.245 *sq.*);施菲特洛维茨(I. Scheftelowitz):《关于各民族信仰和习俗中的索套与网的题材》(“Das Schlingen-und Netzmotiv im Glauben und Brauch der Völker”, *R. V. V.*, XII, 2, Giessen, 1912, *id.* 以及 *Die altpersische Religion und das Judentum*, Giessen, 1920, pp.92 *sq.*);以及杜梅吉尔在人种学和民俗学方面的研究成果,见《乌拉诺斯-伐楼拿》,p.52, n.1。有关带魔力的结和刑法,参见亨利·德库吉斯(Henri Decugis):《法律的步骤》(*Les Étapes du droit*, 2e édition, Paris, 1946, t. I, pp. 157—178)。

论的角度入手：一来，利用人种学和宗教史学积累起来的丰富的事实依据；二来，利用杜梅吉尔教授在印欧魔力神权方面已取得的研究成果。在此两者的基础上，我们继续追问：一、从何种意义上，“束缚之神”的概念具有其特殊性，使之成为印欧宗教体系的一大特征？二、从“束缚”这一主题出发产生的所有神话、宗教仪式、迷信思想的宗教魔法，其内容到底是什么？设计这样一个研究，将会遭遇的危险也是不言自明的，首先要面对的就是杜梅吉尔大肆揭露的“思想混沌”。[①] 但在我们看来，将相似的例子拼凑在一起来**解释**印欧文明中的宗教事实并不是最主要的，最关键的是要从总体上构建起一幅印欧宗教魔法的“情结”图，并尽可能地阐明“束缚”在印欧宗教中的象征意义与其他宗教体系中类似形象意义之间的关系。唯有如此，我们才能衡量，这样的研究对理解宗教的普遍历史，尤其对理解印欧宗教的历史是否具有价值。

伐楼拿的象征

继贝庚尼和葛特之后，杜梅吉尔再次提到伐楼拿的巨大魔力。这位神是名副其实的“束缚之主”，大量的圣歌和宗教仪式

① 《罗马的诞生》，1944，p.12。

的目的都是为了保护或者释放为“伐楼拿索套”所困的人(《梨俱吠陀》)。沙亚那(Sâyana)评述《梨俱吠陀》(I,89,3)中的诗时,对伐楼拿的名字作出了解释,“他用索套套住,或者说禁锢住那些坏人”。“让那些被绑住的人从绳索中解脱出来吧!”(《阿闼婆吠陀》,VI,121,4)伐楼拿的索套也被认为是属于伐楼拿和密特拉他们这一整体共有的(《梨俱吠陀》[VII,65,3]:“他们有很多的索套……”等等),甚至是属于阿底多群神(Adityas)的(《梨俱吠陀》[II,27,16]:“这些打开的索套是为奸诈之人,为骗子准备的……”)但是只有伐楼拿具有远程使人入套或者松绑的魔力[①];大家似乎对这一说法都深信不疑,甚至用束缚的魔力来解释他的名字;若是从传统的词源学角度(varvrnoti,意为“覆盖”“封闭”)看,他的名字中确有乌拉诺斯神的特征,但大家现在已经不太采用这样的观点,而是认同皮特森给出的解释,这一解释也为葛特和杜梅吉尔[②]所接受,那就是参照印欧语系中的另一个词根 uer,意为“束缚”(lier)(同时亦可参照其他语种中的词根。梵语:varatra,“皮带”“粗绳”;列托

① 贝庚尼(A. Bergaigne):《〈梨俱吠陀〉圣歌中的吠陀宗教》(*La Religion védique d'après les Huymnes du Rig-Veda*, III, Paris, 1883, pp.114, 157 *sq.*);葛特(H. Güntert):《雅利安人世界的国王和救世主》(*Der arische Weltkönig und Heiland*, Halle, 1923, pp. 120 *sq.*);杜梅吉尔:《乌拉诺斯-伐楼拿》,p.50。梵书也有相同的特征,参见希尔文·列维(Sylvain Lévi):《梵书中的祭供原则》(*La Doctrine du Sacrifice dans les Brâhmanas*, Paris, 1898, pp.153 *sq.*)。

② 《乌拉诺斯-伐楼拿》,p.49。

语：*weru*，*wert*，“穿线”“刺绣”；俄语：*verenica*，“不间断的纵列”）。[①] 伐楼拿常常以手中拿着蛇皮制的绳索的形象出现[②]，在宗教仪式中，所有用结固定的束缚都被称为是伐楼拿式的（varunien）。[③] 杜梅吉尔教授用伐楼拿的神权对束缚之主的神奇法力作出了解释：“伐楼拿的索套很神奇，和神权本身一样神奇；这些都是伐楼拿所掌握的法力的象征符号，他的法力覆盖了法律、社会事务管理、王族和公共安全等所有的‘权力’。无论在印度或是别的地方，权杖和索套都有代表上述这些的特权。”[④]

这一点当然是毋庸置疑的。但是单纯的“王权”，甚至是“具有法力的王权”，都不足以涵盖自最古老的吠陀经典中便开始描述的伐楼拿的复杂性。我们之所以无法把他简单地划归到“天神”之列，是因为他身上确实具有一些乌拉诺斯神独有的特征。他是无处不在、“随处可见”的（viçva-darçata，《梨俱吠陀》[VIII，41，3]），他“分离了两个世界”（《梨俱吠陀》，VII，86，1），风就是他的呼吸（《梨俱吠陀》，87，2），他和密特拉一起被称为“最强大的至高无上的天神”，他们能“带着不同色彩的云朵一

① 对照王尔德-博考尼（Walde-Pokorny）：《印欧语系语言比较词典》（*Vergleichendes Wörterbuch der indogermanischen Sprachen*，I，1930，p.263）。
② 贝庚尼：《〈梨俱吠陀〉圣歌中的吠陀宗教》，III，p.114；希尔文·列维：《梵书中的祭供原则》，p. 153；霍普金斯（E. W. Hopkins）：《史诗神话》（*Epic Mythology*，Strasbourg，1920，pp.116 *sq.*）。
③ 希尔文·列维，同上书，p.153；杜梅吉尔：《乌拉诺斯-伐楼拿》，p.51，注释1。
④ 《乌拉诺斯-伐楼拿》，p.53。

起出现在第一声响雷中,让上天神奇般地降雨”(《梨俱吠陀》,V,63,2—5),等等。这样一个宇宙空间结构使他很早就具有了阴间神①和雨神的特征,甚至随着时间的推移,他被视作海洋之神②。同样,这个带有乌拉诺斯神特征的宇宙结构也解释了伐楼拿的一些其他角色和威名:比如,他无所不知(《阿闼婆吠陀》,ivan,16,2—7,等);他不可战胜(《梨俱吠陀》,I,35,7);他有千双眼睛(sahasrâksa[《梨俱吠陀》,VII,34,10])。这是具有神话色彩的表达法,意指星星是他的千眼密探,而这一说法起初只能用来形容乌拉诺斯神。③ 神权的威力不断变大,并且也提升了天神的威望。伐楼拿**洞察**和**知晓**一切,因为他统治着他所处星球的那个世界;而他又是**无所不能**的,他是宇宙权力的象征,能用“束缚”的手段(亦即使人得病,或让人全身无力)惩罚所有触犯法律的人,以此维持宇宙的秩序。因此,在我们所谓的伐楼拿的“天界”与“王界”之间存在着一种明显的对称性,这两者相互呼应又互为补充:天是超越的,独一无二的,完全和宇宙的神一样;天界中所有至高无上的神都趋向于一种消极状态④,

---

① 希勒布兰德(Hillebrand):《吠陀神话》(*Vedische Mythologie*, Breslau, 1902 III, p.1 *sq.*)。

② 希尔文·列维:《梵书中的祭供原则》,p.158;梅耶(J. J. Meyer):《古印度三部曲与植被节日》(*Trilogie altindischer Mächle und Feste der Vegetation*, Zürich-Leipzig, 1937, III, pp.206 *sq.*, 269 *sq.*)。

③ 拉斐尔·佩塔佐尼(Raffaele Pettazzoni):《布满眼睛的身体》,载《莫克西斯》(«Le Corps parsemé d'yeux», *Zalmoxis*, I, 1938, pp.1 *sq.*)。

④ 参见《宗教历史论著》,p.47。

这与拥有王权的神的无边“法力”是完全吻合的，他们“无作为而动”，直接靠“灵性的力量”便可以主宰一切。

伐楼拿的结构很复杂，却又总是单一的，也就是说，他不同的形态之间存在着内在的一致性。无论是作为宇宙权力的象征还是乌拉诺斯神，他都是洞悉一切、无所不能的，必要时他可以用“灵性的力量”和法力进行“束缚”。不过他表现在宇宙空间中的那一面则更为丰富：我们看到，他不仅仅是一个天神，同时也是阴间、雨水、海洋之神。在伐楼拿身上，也许从很久之前就已经有某种占据主导地位的“夜”的一面，贝庚尼以及库玛拉斯瓦米[①]最近都在自己的研究中强调过这一点。贝庚尼[②]提到，一位《泰迪黎耶本集》[③]的评论家指出，伐楼拿指的是“像黑暗一样包裹世界的人”。伐楼拿“夜”的这一面并不能单纯只从乌拉诺斯神“夜天”的意义上去理解，而是应该从更宽泛的宇宙学甚至玄学意义上去看待。黑夜，**是**潜在的、萌芽中的、非显现的。[④]而正是因为这一“夜”的形态，伐楼拿才能成为水神[⑤]，才有可能与“恶龙”弗栗多相似。当然，我们这里并不想讨论“伐楼拿与

---

① 特别是《论述拂晓黑暗的一面》这一部分（“The darker side of the Dawn”, *Smithsonian Miscellaneous Collections*, vol.94, Nr 1, Washington, 1935），以及《印度政府理论中的精神权威与时间力量》（“Spiritual Authority and Temporal Power in the Indian Theory of Government”, *American Oriental Society*, New Haven, 1942）。

② 《〈梨俱吠陀〉圣歌中的吠陀宗教》，III，p.213。

③ *Taittirîya Samhitâ*，I，8，16，1。

④ 对照库玛拉斯瓦米：《精神权威》（*Spiritual Authority*, pp.29 *sq.*）。

⑤ 《〈梨俱吠陀〉圣歌中的吠陀宗教》，III，p.128。

弗栗多”的相似性，而只是想说这两者之间的共同点不止一个。即使我们不考虑他们两个名字之间在词源学上可能存在的亲缘关系[①]，也必须要指出他们两者都与水有关，特别是“被抑制的水”（“伟大的伐楼拿把大海藏起来……”［《梨俱吠陀》，IX，73，3］），而弗栗多也和伐楼拿一样，有时被称为“魔法师”（mayin）。[②] 从一定程度上说，弗栗多和伐楼拿之间种种的相似性，与伐楼拿的其他形态和这些形态起的作用一样，都是互相映衬，互为证明的。黑夜（非显现的）、水（潜在的，萌芽的）、“超越”、“无作为”（天神和主神的特征），这些都以神话和形而上的方式，一方面与各种各样的“束缚”，另一方面与将水“抑制住”“止住”“拦住”的弗栗多联系在一起。[③] 从宇宙空间的角度看，弗栗多也是一个“束缚者”。和所有大型的神话一样，关于弗栗多的神话也是具有多种功能的，因此我们不可能单从某一方面去阐释它的意义。我们甚至可以说，神话的一大功能便是将被直觉或思考证实的实在中多样的、异质的各个层面统一起来。因此，关于弗栗多的神话，我们暂不说其他功能，只是重新

① 《〈梨俱吠陀〉圣歌中的吠陀宗教》，III，p.115 等；《精神权威》，p.29。

② 对照贝文尼斯特（E. Benveniste）和雷努（L. Renou），《弗栗多与杀弗栗多者》（*Vrtra et Vrthragna*，Paris，1934，pp.140—141）。作者用大段的篇幅错误地论述了“弗栗多的法力对应的是因陀罗的法力，并从因陀罗的法力而来”。按理说，法力主要是灵蛇类的特性——弗栗多当然也属于典型的灵蛇类，而非是英雄神灵的特性。在之后的章节中我们会具体论述因陀罗的法力。

③ 对照雷努对水的分析（同上书，p.141 *sq.*）。

聚焦于并未显现的功能,“停顿”“束缚”以阻止“形状”,即宇宙生命的绽放的功能。当然,我们也不能过度夸大弗栗多和伐楼拿之间的相似性。但是两者在结构上的相近是不容否认的,伐楼拿的“夜”“无作为”“法力”,以及具有远程束缚有罪之人的法力①,而弗栗多则能“拦住”水流。无论是伐楼拿还是弗栗多,他们行为的结果都是“停止”生命,带来死亡——前者是就个体而言,后者是就宇宙空间而言。

古印度的“束缚之神”

在吠陀印度时代,伐楼拿不是唯一一个“束缚”之神。使用这一法力的神还有因陀罗、阎魔、尼尔里地(Nirrti)。比如说因陀罗,据说他取来绳索想要降服弗栗多(《梨俱吠陀》,II,30,2),但是最终没有用到绳索就把它束缚住了(《梨俱吠陀》,II,13,9)。但是贝庚尼对这些叙述的评价是:“这显然只是这则神话附带的一个故事延续,意思就是因陀罗将弗栗多的奸诈手段用来对付恶龙自己。”因为不仅伐楼拿和弗栗多具有自己的摩耶,其他神灵也都具有:比如马尔殊(Maruts)(《梨俱吠陀》,

① 我们在这种惩罚方式中甚至看到了为伐楼拿所特有的一种延展,一种深入,也就是说他强迫有罪之人“在虚拟中,在静止中回到从前”,亦即回到他自己所代表的那种状态。

V,53,6)、陀湿多(Tvasher)(《梨俱吠陀》,X,53,9)、阿耆尼(Agni)(《梨俱吠陀》,I,144,1)、苏摩(Sorna)(《梨俱吠陀》,IX,73,5),甚至阿须云(Açvin)(《梨俱吠陀》,V,78,6)等等。[①]一方面,我们提到的这些宗教神灵都具有双重性,也就是说,他们身上同时有恶的成分和灵性的成分(如马尔殊和陀湿多);另一方面,“魔法师”这一特征并没有特定的含义,只是被用来形容比较重要的神灵人物,以强调对他们的敬仰:对法力(mâyin)的膜拜就是这种情况,人们会用这样的词来称呼所有想要膜拜的神灵。类似的现象在宗教历史上并不陌生,尤其是在印度的宗教历史上,对于“王权”的渴望使得一种获胜的宗教形式想要同化所有其他宗教,并将自己统治的领域扩展到不同的宗教区域里。在我们讨论的案例中,神将法力和外力合二为一地运用在自己的领地里,这样一种趋势显得更加有意思,因为这里涉及一种古代的宗教结构,即“魔法师”的法力。而其中最典型的例子就是因陀罗。“他用摩耶的方法战胜了魔法师”:这是许多宗教经典的中心思想。[②] 在因陀罗拥有的所有“法力”中,占第一位的是他变形的能力[③];但是似乎也有必要区分各种被认可的、

① 参见《〈梨俱吠陀〉圣歌中的吠陀宗教》,III,pp.80。
② 《〈梨俱吠陀〉圣歌中的吠陀宗教》,III,p.82。
③ 参见雅尔·卡朋特(Jarl Charpentier):《印度-伊朗神话的贡献》(*kleine Beiträge zur indo-iranischen Mythologie*, Uppsala, 1911, pp. 34 *sq.*)以及《婆罗门》(*Brahman*, Uppsala, 1932, p.49, n.1);雷努(《弗栗多与杀弗栗多者》,p.141)。

特殊的主显（公牛等）与无边的法力之间的差别，这种法力能让无论哪个存在（神灵的、恶魔的、人间的）都披上某种动物的外皮。当然，在神话宗教的主显与变形之间，也有一些因为相似而出现的具有干扰性的、混同性的和借用性的想象。而吠陀神话并不固定，经常发生变化，因此我们常常很难区分某个动物形象到底属于主显的范畴还是变形的范畴。但是，正是不确定性和不稳定性的存在带给了现象学诸多启示，才使不同的宗教"形式"之间出现相互渗透、相互吸收的趋势，而这一辩证的观点有助于我们深入理解古代的宗教现象。

我们继续回来看因陀罗的神话。某些情况下，他并不只是一个"魔法师"：他自己会"束缚"，完全和伐楼拿和弗栗多一样。大气就是他的套索，他利用这一套索困住对手（《阿闼婆吠陀》，VIII，8，5—8，等）。在伊朗神话中，对应的是军神韦勒斯拉纳（Verethragna），他会束缚住对方的双手（《耶什特》，14，63）。但这些都是次要的特征，而且在史前，套索被用作武器就有真实的事例存在。[1] 从古代思想看，武器确实是一种**带有魔力的手段**；不过这并不妨碍像因陀罗这样一位真正意义上的战神会在真实的战斗中使用这一带有魔力的手段，相比之下，伐楼拿则利用这些"束缚"，无须战斗，无须行动，就可以奇迹般地达到自己

① 参见库尔特·林德纳（Kurt Lindner）：《史前狩猎》（*La Chasse préhistorique*, trad. Française, Paris, 1940, pp.53 *sq.et passim*）。

的目的。①

更有意思的是其他几位束缚之神的神话，比如阎魔和尼尔里地，他们都是死亡之神。阎魔的绳索一般被称为“死亡之绳”（《阿闼婆吠陀》，VII，112，2；VIII，2，等等）。② 尼尔里地也会将自己想要消灭的人用铁链锁住（《阿闼婆吠陀》，VI，63，1—2；《泰迪黎耶本集》，V，2，4，3；《百道梵书》，VII，2，1，15），大家都向神灵祈求可以远离“尼尔里地的绳索”（《阿闼婆吠陀》，I，31，2），就像有人恳求伐楼拿帮他解开“套索”，解救他。同样的例子也发生在阿耆尼、苏摩和楼陀罗（《雅利安人世界的国王和救世主》，p.122）身上，也有人乞求他们为自己解开“伐楼拿的套索”；因陀罗不仅被认为可以解开“伐楼拿的套索”，而且还能解开死神恶魔的“束缚”（《阿闼婆吠陀》中提到因陀罗曾帮助剪断过女恶魔 Viçvavâra 的绳索）。疾病就是“索套”，而死亡只是最高等级的“束缚”。这也说明在阎魔和尼尔里地身上，这些特征不仅很重要，而且是不可或缺的。

疾病与死亡：这是构成“束缚”的神秘宗教情结的两大要素。它们散播在世界的各个角落，有着最大的受众群体，因此我们有必要探究它们的广泛性，看看是否可以帮助厘清我们所讨

① 比如刹帝利（râjanya）在母亲肚子里就被神捆绑住，参见杜梅吉尔：《弗拉门-婆罗门》，p.27。

② 参见《关于各民族信仰和习俗中的索套与网的题材》，p.6。

论的一些问题。不过，在结束对印度宗教的探讨之前，我们可以先将已经注意到的一些重要问题作一个梳理：第一，伐楼拿这位伟大的阿修罗神，能用法力束缚住犯罪的人，有罪之人要么乞求他不要捆绑他们，要么乞求他为他们松绑；第二，弗栗多用铁索拦住了水流，有关他的神话中的一些片段与伐楼拿黑暗的、阴间的、与水相关的一面是相吻合的，因为伐楼拿的这些形态反映的都是"非显现"和"被困住"；第三，因陀罗和阿耆尼、苏摩一样都是将人从伐楼拿的套索和阴间神灵的桎梏中解救出来，他"剪断"或者"粉碎"这些"索套"，就和在神话中表现得一模一样，即他剪断、分割弗栗多的身体；因陀罗除了运用他特有的、独一无二的战斗手段外，还利用了一些"带有魔力的手段"，以战胜魔法师弗栗多。"索套"对他而言已经不能算是最根本的特征，即使套索依然应被视为他的一件武器；第四，与前面所说相悖的是，套索、粗绳、结，都是构成掌管阴间的神灵（阎魔和尼尔里地）和掌管疾病的恶魔特征的要素；第五，在吠陀经典中，那些较为"通俗"的部分总是描述说，对抗恶魔束缚的魔力其实在数量上与对付人类的"束缚"巫术是对等的。

即使我们作了这样的梳理，但问题并不像看上去那么简单。不过，我们总算可以勾勒出一些图景：从神灵的功绩在神话中的表现上看，一边是伐楼拿和弗栗多带有法力的无作为，另一边是因陀罗的行动；从疾病和死亡对人的影响上看，一边是套索和结对掌管阴间的神灵或恶魔的重要性，另一边是“束缚”这一魔法在普通医学和在巫术上的运用。因此，从吠陀时代开始，“束缚”情结一直是带有法力的神权的重要特征和重要组成要素，但也已经超出了神权范围，无论是自上（宇宙空间层级：弗栗多）还是而下（阴间层级：阎魔、尼尔里地；“巫术”层级）。我们接着要思考的是，将其与印欧文明其他领域进行比较研究，这会给我们勾勒的这幅图景带来怎样崭新的色彩。

色雷斯人、日耳曼人、高加索人

葛特指出，色雷斯神达尔扎尔斯（Darzales）的名字的意义很有可能源自它的词根，其中暗含着“束缚”的意思[1]（darezeili，“束缚”；derez，“绳索、粗绳”），以前的碑文也可以证明这一点。但是除此之外，我们对这一个神几乎一无所知。[2] 同样的词源学意义或许也可以用来解释在奥德索斯众所周知的色雷斯神德尔扎拉特斯（Derzelates）的名字[3]，在奥德索斯地区，人们常常举

---

① 参见《雅利安人世界的国王和救世主》，p.154。

② 在黑海附近的地区，达尔扎尔斯被认同为古埃及的地下之神塞拉皮斯（Sarapis）；可对照魏因赖希（O. Weinreich）：《关于塞拉皮斯宗教的新材料》（*Neue Urkunden zur Sarapis-Religion*, Tübingen, 1919, p.7），提到罗斯托夫采夫（Rostovtzeff）的研究成果，亦可对照斯蒂格·维坎德（Stig Wikander）：《空气》（*Vagu*, I, Lund-Leipzig, 1941, pp.43 *sq.*）。

③ 瓦希尔·帕尔万（Vasile Pârvan）提到的钱币和铭文，参见《罗马尼亚学院回忆录》（*Mémoires de l'Académie Roumaine*, Section littéraire, 1919—1920, Bucarest, I, 1934, pp.118 *sq.*）。

行庆典，希望获得好的收成[1]，这也同样为托米斯（Tomis）指环上刻着的“Derzo”字样[2]所证实，同样的情况也发生在色雷斯-弗里吉亚女神 Bendis[3]、立陶宛神 Bentis[4] 和伊利里亚神 Bindus[5] 身上。可惜的是，我们对 Bendis 和 Bindus 这两个神的了解非常少；伊利里亚人用人当作祭品，是不是就是为了献给 Bindus？

一些日耳曼地区和色雷斯-弗里吉亚、高加索地区保留的宗教仪式显然更能说明问题。塔希特（Tacite）[6]在谈到色农人（Semnon）每年举行的盛大宗教庆典的时候，补充说参加者必须先要互相捆绑，才能参加节日的庆祝活动。克罗斯对这一习俗详加评论，并列举了许多类似的例子，他将这一习俗视作人们臣服于民族神灵的证明，而佩塔佐尼则认为这就是一种神意裁判。[7] 无论如何，我们可以把这一习俗与密特拉的入教仪式进

---

① 参见杂志《下多瑙河》（La revue *Istros*, Bucarest, 1934, pp.118 *sq.*）。

② 韦尔普（R. Vulpe）：《多布罗加古代史》，载《多布罗加文集》（«Histoire ancienne de la Dobroudja», *La Dobroudja*, édité Par l'Académie Romaine, Bucarest, 1938, pp. 35—454）。

③ 与阿尔忒弥斯、西布利，还有俄尔普斯教圣歌中的泊尔赛福涅类似，对照葛特，《雅利安人世界的国王和救世主》，p.115。

④ 于森那（H. Usener）：《神的名字》（重印版）（*Götternamen*, réimpression, Bonn, 1929, p.80）。

⑤ 克罗斯（A. Closs）：《维纳文化历史和语言学贡献》（*Wiener Beiträge zur Kulturgeschichte und Linguistik*, IV, Salzburg-Leipzig, 1936, p.619）。

⑥ 《日耳曼》，*Germania*，39。

⑦ 佩塔佐尼：《全能神统治者》，载《宗教史材料与研究》（“Regnator omnium deus”, *Studi e Materiali di Storia delle Religioni*, XIX—XX, 1943—1946, p.155）。

行类比，密特拉的崇拜者都必须先将手用粗绳绑在身后才能参加典礼。① 这也让我们想到了卡蒂人(Chatti)佩戴的铁环，这铁环相当于“枷锁”，他们只有在杀死一个敌人之后才能将其取下。② 还有阿尔巴尼亚人宗教仪式上的锁链③，“格鲁吉亚白人”④中笃信宗教的格鲁吉亚人戴着的链条，亚美尼亚国王的“束缚”仪式⑤，甚至还有阿尔巴尼亚一直保留至今的一些风俗习惯。⑥ 所有这些宗教仪式都呈现出一种奴性的态度，信奉宗教的人在其神灵的面前像奴隶、俘虏一般。而“束缚”已经具化为一种屈服的标志。⑦ 克罗斯(p.620)认为色农人的宗教仪式

---

① 库蒙特(F. Cumont)：《罗马异教中的东方宗教》(*Les Religions orientales dans le paganisme romain*, 4ᵉ éd., Paris, 1929)；参见库蒙特：《与密特拉神话相关的经典与建筑》(*Textes et Monuments relatifs aux mystères de Mithra*, Bruxelles, 1894—1900, II, p.7—8)。

② 《日耳曼》，31。

③ 斯特拉波，XI，503。

④ 克罗斯：《维纳文化历史和语言学贡献》，p.566；库蒙特，《与密特拉神话相关的经典和建筑》，p.643，文中研究了“格鲁吉亚白人的奴隶”：“谁想要成为格鲁吉亚白人的奴隶，对他表示敬意或者让他满足，就要在脖子上挂上铁索，然后或者用爬或者用跪，围着教堂一圈”。亦可对照马卡拉提亚(Sergi Makalathia)：《格鲁吉亚人种学与民族学的平行研究》，载《人类学学会通讯》(“Einige ethnographisch-archäologische Parallelen aus Georgien”, *Mitteilungen Anthropolog. Gesellschaft Wien*, 60, 1930, pp.361—365)。

⑤ 塔希特：《年鉴》，XII，45；《维纳文化历史和语言学贡献》，p.619。

⑥ 在审判过程中，有罪之人必须双手绑住才能上“法庭”，参见克罗斯，同上，p.600。

⑦ 只需将“血亲捆绑”与日耳曼、伊利里亚、高加索地区的这一情节作比较，“血亲捆绑”在欧洲非常常见，这样就不能理解“奴隶主与奴隶”之间的捆绑与“十字架兄弟”捆绑之间的差异；可对照迪特里克(A. Dieterich)：《地球母亲》(*Mutter Erde*, 3ᵉ éd., Leipzig-Berlin, 1925, p.130 *sq.*)；特朗布尔(H. C. Trumbull)的名著《血盟》(*The Blood Covenant*, London, 1887)；斯蒂特·汤姆森(Stith Thompson)：《民间文学的主题索引》(*Motif-index of Folk-Literature*, II, Helsinki, 1935)。这些学者试图将兄弟情的各种形式与人类与密特拉之间的宗教关系进行类比，还有和伐楼拿与其崇拜者之间的关系作比较。结果是，伐楼拿的宗教价值非常之“低”！

受到伊利里亚的影响,其本身属于阴间魔王文化的一种,中心位于南部地区。[①] 不过,除了这一宗教历史,日耳曼人也有类似的表现出“束缚”情结的行为:比如,宗教意义上的绞刑就解释了*Odhinn* 这个修饰语,意为“绳索之神”(*Haptagud*, Closs, p.609);同样的还有日耳曼神话中掌管阴间的女神用一根粗绳将死人拉出来[②],女战神(古斯堪的纳维亚称 *Disir*,古上德意志称 *Idisi*)用绳索勒死她们想打败的人。[③] 这些特征值得注意,由此人们可以联想阎魔和尼尔里地的手段;在我们之后列举的一些事例中,这些特征将表现得更为明显。

伊　朗

有关伊朗的资料可以分成两大类:第一类是影射恶魔 Astôvïdhôtush,他会勒死将死之人[④];第二类是战神和伊朗英

① 克罗斯,《维纳文化历史和语言学贡献》,pp.643,668;克罗斯认为,宗教仪式的捆绑其实反映的是一种巨石建筑和东南亚的文化情结(p.567)。

② 格里姆(J. Grimm):《德国神话》(*Deutsche Mythologie*, II, 705, IV, 254);参见《关于各民族信仰和习俗中的索套与网的题材》,同前文脚注,p.7。

③ 梅耶(R. H. Meyer):《古日耳曼宗教历史》(*Altgermanische Religionsgeschichte*, 1910, p.158, 160);其中女神的个性都会更加复杂。对照德·维瑞斯(Jan de Vries):《古日耳曼宗教历史》(*Altgermanische Religionsgeschichte*, II, Berlin, 1937, pp.375 *sq.*)。

④ 他用“死亡之绳”把将死之人束缚住,参见施菲特洛维茨,《古代波斯宗教》(*Die altpersische Religion*, p.92);杜梅吉尔:《塔尔皮亚》(*Tarpeia*, Paris, 1947);参见温德格林(G. Widengren):《古伊朗的高神信仰》(*Hochgottglaube im Alten Iran*, Uppsala, 1938, p.196)。

雄：比如，弗雷顿（Frêdûn）勒死了恶魔阿加达哈克（Azdahâk），将他用绳索绑着拖到了Dimâvand山上（*Dînkard*，IX，21，103）；泰斯特利亚（Tishtrya）神用两三根粗绳将巫婆束缚起来（《耶什特》，8，55）；乌鲁斯拉格纳（Verethragna）绑住了对手的手臂（《耶什特》，14，63）。施菲特洛维茨指出，《列王纪》（*Shah Nameh*）中的一些段落，如恶神阿里曼（Ahriman）手持绳索，其实也是命运之神使用锁链的事例。在伊朗的宗教传统中没有作为束缚者的主神，没有类似伐楼拿这样的人物，原因或许在于：人们一般认为伐楼拿的位置是由至高无上的神阿胡拉·马兹达（Ahura Mazdâh）占据着，或者是由神圣的不朽者真理（amesha spenta Asha）占据着，诚如杜梅吉尔教授认为的那样[①]。不过无论哪种情况，我们探讨的都是两个因为琐罗亚斯德教改革而得到净化和教化的实体，我们很难想象在他们身上找到类似伐楼拿的“法力”。从阿胡拉身上留存的一些“神权”要素中，我们再也找不到“可怕的神权”的痕迹，其实阿胡拉有时是命运之神[②]，这个特征对于至高无上的乌拉诺斯神而言太过普通，不足以让我们得出任何有价值的结论。但是，既然我们对琐罗亚斯德教改革之前的伊朗宗教中类似吠陀伐楼拿的人物知之甚少，那么如果我们贸然地说印度伐楼拿这一

① 《大天使的诞生》，1945，pp.82，100。
② 参见温德格林：《古伊朗的高神信仰》，p.253。

“束缚者”特性是源于雅利安的影响，就有可能是错误的。诚如杜梅吉尔教授指出的那样，希腊神话中的乌拉诺斯也会束缚他的对手，在关于乌拉诺斯的神话中，我们不难找到带有明显印欧文明色彩的图景特征。无论如何，这些伊朗宗教事实反映出了我们已在整个印度宗教中观察到的两大主题：一是神或者英雄人物会以束缚者的形象出现；二是掌管阴间的神会先把人勒死，然后送去裁判之桥。也许在琐罗亚斯德教改革之后，呈现在整个印度宗教中的另外两大重要主题——伐楼拿的“法力”和宇宙空间的“束缚”——便从此消失了。

不同人种的相似案例

在我们如之前所说的那样，扩大“束缚”情结在历史和文化上的视野，将其置于一个更庞大的人种群体中，去观察是否具有相近甚至相同的象征意义之前，对印欧文明的一些事实得出任何具有普遍性的结论都是徒劳无功的。不过，目前我们倒是可以举几个类似印欧文明中“束缚”死人，控制阴间的恶魔或神灵的例子，来看看它们在不同人种中的表现。与伊朗的伐由神（Vayu-Astôvidhôtush）最相似的要数中国的风神，传说他与蛇精关系密切，这说明中国的风神也是属于阴曹地府中的鬼神一类。[①] 而阎魔、尼尔里地、阿迪维多施(Atividhotush)和日耳曼女神都会使用绳索,这一点可以在环太平洋地区找到最相近的例子。比如,在澳大利亚的阿兰达人中有着这样一个传说:一到夜晚,女精灵就会出没,她们用绳索绑住人的魂魄,然后狠狠地拉紧绳子,把人勒死。[②] 在危险岛,死神(Vaerua)用绳索束缚住死人,将他们拖到死人国里。[③] 在赫维群岛(Hervey),死人的魂魄沿着一棵神树落到阴间之后,能看到阿甘卡神(Akaanga)的细绳子,这根绳子在那里等着每一个魂魄,谁也不能幸免。[④] 在圣克里斯·托巴尔,“垂钓鬼魂的人”坐在大岩石上像钓鱼一样候着每一个过往的魂魄。[⑤] 在所罗门群岛上,死者的父母钓起死者的魂魄,和身体某一部位的复制品(头骨、颌骨,牙齿等等)一起放在盒子里。[⑥] 赫维群岛的巫师会设置神奇

① 参见克罗斯,p.643,注释 44;亨茨(C. Hentze):《青铜器及其在中国古文化中的意义》(*Die Sakralbronzen und ihre Bedeutung in den frühchinesischen Kulturen*, Antwerpen, 1941, p.23)。

② 卡尔·斯特劳(Carl Strehlow):《澳大利亚中部的阿兰达部落》(*Die Aranda und Loritja-Stämme in Zentral-Australien*, I, Frankfurt a. M., 1907, p.11)。

③ 怀亚特·吉尔(W. Wyatt Gill):《南岛生活》(*Life in the Southern isles*, London, 1876, p.181)。

④ 怀亚特·吉尔:《南太平洋的神话与歌曲》(*Myths and Songs from the South Pacific*, London 1876, pp.161 *sq.*);汉蒂(E. S. C. Handy):《波利尼西亚人的宗教》(*Polynesian Religion*, Honolulu, 1927, p.73);也可参见瓦里瑟(M. Walleser)著作(“Religiöse Anschauungen u. Gebräuche der Bewohner von Jap”, *Anthropos*, VIII, 1913, pp. 607—629, pp.612—613)。

⑤ 福克斯博士(C. E. Fox):《太平洋的门槛》(*The Threshold of the Pacific*, London, 1924, pp.234 *sq.*)。

⑥ 伊文斯(W. G. Ivens):《所罗门群岛的美拉尼西亚人》(*The Melanesians of the S. E. Solomon Islands*, London, 1927, p.178);夏威夷也有同样的习俗,对照汉蒂,《波利尼西亚人的宗教》,p.92。

的陷阱，而那些他们想要杀死的人的魂魄都会乖乖地掉进他们的陷阱里。[①] 同样的习俗也发生在另一些农耕文明的地区。[②] 不过，值得特别注意的是，美拉尼西亚地区死神“垂钓”和“勒死”魂魄的方式与巫师的杀人方式极其相似。这两种神力的相似之处能使我们更好地理解“束缚”这一主题。

我们看到，在印欧文明中，索套、结、粗绳这些图形分布在几个鲜明的集合中：如某些神灵、英雄、恶魔的集合，某些宗教仪式的集合，某些习俗的集合。而这一问题在闪语族国家中的呈现方式却完全不同：在那里，各种具有法力的束缚都是一种神的力量（或是恶魔的力量），甚至具有一定的普遍性。有些源于至高无上的神，如巴比伦诸神恩利勒（Enlil）、他的妻子宁利勒（Ninlil，又名 Ninkhursag）、月神辛（Sin，又名 En-zu），他们会把背信弃义的人收入网中。[③] 不过太阳神沙玛什（Shamash）也是将套索和粗绳用作武器，别人同样也乞求他放过那些被他束

① 怀亚特·吉尔：《南岛生活》，p.180；《南太平洋的神话与歌曲》，p.171。

② 施洛克古洛（S. Shirokororow）：《通古斯的心理情结》（*The psychomental complex of the Tungus*, Shanghai-London, 1935, p.290）；萨满也会模仿神灵的方法；《通古斯的心理情结》，p.178；楚科奇人也有同样的文化情结。关于这个问题，详见笔者：《萨满教及古代人迷术》，巴黎，1951。

③ 金（L. W. King）：《苏美尔和阿卡德之历史》（*History of Sumer and Akkad*, London, 1910, pp.128 *sq.*）；弗拉尼（G. Furlani）：《巴比伦和亚述宗教》（*La religione babilonese-assira*, I, Bologna, 1928, p.159）；多尔姆（E. Dhorme）：《巴比伦和亚述宗教》（*Les Religions ds Babylonie et d'Assyrie*, Collection «Mana», II, Paris, 1945, pp.28, 49）；道格拉斯·万·布伦（E. Douglas Van Buren）：《美索不达米亚艺术中神的象征》（“Symbols of the Gods in mesopotamian Art”, *Analecta Orientalia*, 23, Roma, 1945, pp.11—12）。

缚的人；女神尼萨巴（Nisaba）用细绳勒死散播疾病的恶魔；而恶魔们也有他们自己的套索，尤其是散播疾病的恶魔（人们在乞求散播鼠疫的恶魔时会说：“用绳子束缚、消灭巴比伦人吧！”①）；人们对神（恩利勒）说：“神啊，抛出你的绳索吧，每一条绳索都能解决一个敌人。”②塔木兹（Tammuz）被称作“绳索之主”③，但在神话中，他自己却被“束缚”住，请求别人将他从绳索中解救出来。④ 人们乞求马杜克（Marduk），让他松开铁链和绳索，因为他也是束缚之主。他和因陀罗一样，使用套索和粗绳，以一种“英雄般”的方式，成为众神之王。有关创世的诗篇《洪荒世界》（*Enuma Elish*）区分了两种不同的“束缚”，这恰好与吠陀文明的伐楼拿-因陀罗组合相对应。水神和智慧之神阿（Ea）并不会“英雄般”地与大恶魔阿普苏（Apsû）和木木（Mummu）搏斗：他通过吟诵带有魔法的咒语将他们“束缚”，然后把他们杀死（《洪荒世界》，I，60—74）。马杜克被众神大会授予绝对的王权（当时只有天神阿努才有这个权力［《洪荒世界》，IV，4、7］），在接过权杖、登上王座之后（《洪荒世界》，IV，29），他开始与海

① 施菲特洛维茨.《索套与网状图案》（*Das Schlingen- und Netzmotiv*, pp 4 *sq.*）。

② 杰斯特罗（M. Jastrow）：《巴比伦和亚述宗教》（*Die religion Babyloniens und Assyriens*, vol.II, Giessen, 1912, p.15）。

③ 施菲特洛维茨，《索套与网状图案》，p.4。

④ 威策尔（M. Witzel）：《塔木兹—礼仪与亲缘》（“Tammuz-Liturgien und Verwandtes”, *Analecta Orientalia*, 10, Roma, 1937, p.140）；温德格林：《摩尼教的美索不达米亚元素》（*Mesopotamian elements in Manichaeism*, Uppsala, 1946, p.80）。

魔王提亚美特(Tiamet)展开搏斗,而且这次是真正的“英雄般”的决斗;不过马杜克的主要武器还是“细绳”,这是“天神阿努的馈赠”(《洪荒世界》,Ⅳ,49)。[①] 马杜克将提亚美特“束缚”住(《洪荒世界》,Ⅳ,95),“捆绑”住,然后夺去他的性命(《洪荒世界》,Ⅳ,104)。马杜克又束缚住所有帮助过提亚美特的神灵和恶魔,如诗篇中所写,“它们被收进网中,关在里面,又被扔进了洞里”(《洪荒世界》,Ⅳ,111--114,117,120)。马杜克因为这场英雄般的决斗而获得了王权,也一直保有这种法力。倘若我们意识到绳、结、套索在巫术和民间医术上也同样有神奇之处,那么对上述简要提及的美索不达米亚神话的整体印象将是混乱和模糊不清的。“束缚”貌似是一种宗教法力,与其他所有的宗教“形式”类似。或许研究美索不达米亚宗教的专家能够着手研究这个问题,以确定是否能在这样的混乱背后重建一种“历史”。

结的法力

我们接下来可以从整体上考察一下绳索和结在实际法力运用中的形态。我们可以把最重要的一些事实大致分成两类:一

① 马杜克是阿的儿子,但无论他们之间的血缘关系有何意义,最重要的是马杜克的王权带有法力。可以参见拉巴(R. Labat)翻译的法文版《创世纪的巴比伦诗篇》(*Le poème babylonien de la Création*, Paris, 1935)。

是带有法力的“绳索”,用来对付人类的劲敌(如在战斗、巫术中),与之相对的行为就是“割断绳索”;二是带有吉祥意义的结和绳索,用来抵抗野生动物,对抗疾病、巫术、恶魔和死亡。我们先举几个例子。比如,第一类有对付敌人的套索(《阿闼婆吠陀》,II,12,2;VI,104;VIII,8,6),比如王子在敌军过境的路上扔下的粗绳(*Kauçîtaki Samhitâ*,XVI,6),埋在对手家附近或者藏在对手船上必要时让他翻船的绳子(《阿闼婆吠陀》,XLVIII,4—5)①,带来各种疾病和痛苦的结,这些无论在古代社会的法术(《以西结》,13,18—21)还是现代社会的迷信中都存在。② 而“割断绳索”这一点,在《阿闼婆吠陀》中也已经被运用过(《阿闼婆吠陀》,VI,14,22);同时这也可当成一种防御手段。与人种学相关的经典文本中常常会提到,人在某些至关重要的场合(分娩、结婚、死亡)绝不能佩戴任何带有结的东西。③

① 卡兰(Caland):《古印度法力形式》(*Altindische Zauberritual*, Amsterdam, 1900, p.167);亨利(V. Henry):《古印度的法术》(*La Magie dans l'inde antique*, Paris, 1903, p.229);施菲特洛维茨,p.12。

② 克鲁克(W. Crooke):《北印度的民间宗教与民间故事》(*The popular religion and folklore of Northern India*, Westminster, 1896, II, pp.46 *sq.*);《亚述的法力》(*La magie assyrienne*, Paris, 1902, p.83);杰斯特罗,《巴比伦和亚述宗教》,pp.280 *sq.*。

③ 塞利格曼(S. Seligmann):《邪恶的眼睛》(*Der böse Blick*, Berlin, 1910, I, pp.262, 328 *sq.*);《关于各民族信仰和习俗中的索套与网的题材》,p.14;弗雷泽:《禁忌》,p.301;基特里奇(G. L. Kittredge):《新旧英格兰的巫术》(*Witchcraft in Old and New England*, Cambridge, Mass., 1929, pp.201 *sq.*);关于民间故事,对照斯蒂特·汤姆森(*Motif-Index*, vol. II, p.313)。为了方便分娩,所有的东西都要打开、拆开,参见弗雷泽,《禁忌》,p.296;卡尔梅克人在分娩的时候会用到细绳来抵御恶魔的干扰,参见弗雷泽:《旧约的民间故事》(*Folklore in the Old Testament*, III, London, 1919, p.473)。婚礼可能会因为绳索、结的法力而受阻,参见弗雷泽:《禁忌》,pp.299。在家里把锁合上或者把门闩拔出就不会有死亡(《禁忌》,p.309);有些地区人(转下页)

第二类的结和绳索，可以囊括所有被赋予了治愈功能、抵抗恶魔功能，或保存生命能量功能的结和束缚。自古以来[①]，我们都会绑住身体上受伤的部位，以使之早日康复，当然同样的做法也广泛运用于当代的民间医术中。[②] 而用结、细绳、粗绳来抵御疾病和恶魔的习俗则更为普遍[③]，特别是在女人分娩的时候。[④] 几乎世界各地的人们都会把结当作一种护身符带在身上。[⑤] 结和细绳也被用在结婚典礼上，以保佑年轻的新婚夫妇[⑥]，但同时我们知道，结也有可能会妨碍婚姻的天长地久。事实上，**这种矛盾性在我们看到的所有使用结和束缚的宗教法力上都有体现。**结能引发疾病，也能使人远离疾病或者治愈疾病；细绳和结能施

（接上页）们会解开绑裹尸布的绳子，让魂魄得到安息（《禁忌》，p.310）。但是，在新几内亚，丧偶的寡妇会在葬礼上绑上细绳以护卫死者的魂魄（弗雷泽：《相信永生》[*The Belief in Immortality*, I, London, 1913, pp.241, 249, 260, 274, 293]）。人们之所以常常把尸体捆起来也是为了保护死者的魂魄。参见弗雷泽：《死人恐惧》（*La Crainte des morts*, trad. fr., 2e série, Paris, 1935, pp.53 *sq.*），当然这一习俗的意义远比我们这里所说的更为复杂。

① *Kauçîtaki Samhitâ*, XXXII, 3；卡兰：《古印度法力形式》（*Altindische Zauberritual*, p.104）；汤姆森（R. C. Thompson）：《闪语的法术：源头与发展》（*Semitic magic, its origins and development*, London, 1908, pp.165 *sq.*）。

② 施菲特洛维茨，《关于各民族信仰和习俗中的索套与网的题材》，p.29，注释 1，31；弗雷泽：《禁忌》，p.301。

③ 亚述：汤姆森，同上，p.171；弗拉尼：《巴比伦和亚述宗教》（*La religione babilonese-assira*, II, Bologna, 1929, p.166）；中国，印度：施菲特洛维茨，《关于各民族信仰和习俗中的索套与网的题材》，p.38。

④ 印度：克鲁克，同上，II，p.36；《关于各民族信仰和习俗中的索套与网的题材》，p.39；非洲：同上，p.41。

⑤ 弗雷泽：《禁忌》，p.308；施菲特洛维茨，《关于各民族信仰和习俗中的索套与网的题材》，p.41。

⑥ 施菲特洛维茨，《关于各民族信仰和习俗中的索套与网的题材》，p.52。

展魔法，但也能使人免受魔法的控制；它们能阻止生育但也能护佑分娩的女人；它们能保佑新生的孩子，也能让孩子得病；它们能让死神降临，也能让死神远离。总之，在所有这些带有法力的宗教或医术习俗中，人们最看重的是引导隐藏在某种“束缚”工具、某种“束缚”行为中的法力，使其发挥作用。然而，作用可以是**正面的**，也可以是**负面的**，这正是我们刚才提到的，这些作用到底是“吉利的”还是“不吉利的”，是“抵御”还是“损害”？

法术与宗教

所有这些信仰和习俗，都把我们引领到**巫术**的精神状态中。然而，既然这些民间运用也都属于巫术的范畴，那么我们是否真的可以认为“束缚”的普遍象征意义仅仅就是巫术的精神状态所带来的产物？我们的回答是否定的。即便在印欧文明中，“束缚”的习俗和象征符号含有阴间魔王的成分，而且因此显示出明显的法术痕迹——这一点并不确定——但对于其他一些资料，也有待人们作出更令人信服的解释，比如一些叙述真实的宗教经历的资料，或者表达整体人类观和世界观的资料，这些资料中的整个观念都是**宗教的**，而非法术的。我们之前提到的关于美索不达米亚的情况，也不能简单地将其归于法术，或用法术来解释所有的现象。希伯来人的看法则更为明确：《圣经》中确实提到“死亡的罗网”（比如，“阴间的绳索缠绕我，死亡的网罗临到我”。[II，《撒母耳记》，226；《诗篇》，18，6]“死亡的绳索缠绕我，阴间的痛苦抓住我；我遭遇患难愁苦。那时，我便求告耶和华的名，说耶和华啊，求你救我的灵魂！”[《诗篇》，116，3—4]）。这些绳索的主人便是耶和华自己，而在先知们的笔下，耶和华手持罗网，惩罚有罪之人：“他们一到，我便张开罗网罩住他们，我要让他们掉进罗网里，就如天上的鸟一般”（《奥西埃》，7，12）；“我向他张开罗网；他将落入我的网中，我将把他带到巴比伦。”（《以西结》，12，13）“我向你张开罗网”（《以西结书》，32，3）。而《约伯记》中描述的真实又深刻的宗教经历同样有类似的场景以表现上帝的无所不能：“要知道，是上帝制服了我，是上帝在我身边布下了罗网！”（《约伯记》，19，6）犹太基督徒即使知道是恶魔“束缚”了患病的人，也依然声称至高无上的上帝才是“绳索的主人”。对与犹太基督徒们来说，“绳索”在宗教法力上有着多重功能：有死亡之绳、疾病之绳、巫术之绳，还有上帝之绳。[①]“一切生灵的头顶上都罩着一张罗网”，拉比·阿基巴（Rabbi Aquiba）这样写道（*Pirqê Abôt*，3，20）。[②] 这一表述是

① 因此，我们有理由认为，吠陀文化中某些对伐楼拿索套的影射其实也是反映了与约伯类似的一种宗教体验。

② 《关于各民族信仰和习俗中的索套与网的题材》，p.11。

很巧妙的，既没有表达出纯粹的“巫术”的生命观，也没有表达出纯粹的“宗教”的生命观——而是表达了一种极为复杂的，人活在世上的处境；如果用比较时髦的话说，就是表达了存在本身的境遇。

其实，在许多国家，“生命线”都象征着人的命运。“他们的生命线（文绉绉地说：支撑他们帐篷的绳索）断了！”约伯大喊道（《约伯记》，4，21，对照7，6）。阿喀琉斯和所有的必死之人一样，“在出生的时候，在母亲诞下他的那一刻起，便承受着上天用麻线为他编织的命运”（《伊利亚特》，20，128，对照24，210）。命运女神用人类的生命线编织着：“我们让他留在那里，承受着可怜的纺织女工们在纺锤体里为他编织的命运，从他母亲诞下他的那一刻开始……”（《奥德赛》，7，198）。[①] 不仅如此，还有：宇宙本身被视作一种织物，一张巨大的“网”。例如，在印度的宗教思想中，空气编织了宇宙，穿针引线一般地将人间和冥界，还有所有的生灵连接起来（《大林间奥义书》，III，7，2），完全与呼吸“编织”人的生命一样。（“呼吸在他身上编织什么？”（《阿闼婆吠陀》，X，2，13））。因此，这样一个有着丰富象征意义的符号体现了最重要的两点：一方面，无论在宇宙空间中还是在人的生命里，所有的一切都通过一种隐形的织物纹理互相关联着；

① 对照笔者：《宗教历史论著》中关于月神的宗教仪式和神话。

另一方面，某些神灵①掌控着这些“线”，而说到底，是这些线构成了一张巨大的宇宙“束缚网”。

像“探求宗教和法力的根源”这样棘手的问题，词源学是很难给出具有说服力的佐证的，但往往也能带给我们不少启发。施菲特洛维茨和葛特都曾提到在好几个语族中，指代“束缚”这一行为的词也常常有施展魔法的意思：比如，在土耳其鞑靼语中，bag、baj、boj，同时有“法术”和“绳索，粗绳”②的意思；希腊语 χαταδέω 表示“紧紧地连着”，也表示“用一种神力束缚，打一个结”③；拉丁语中的 fascinum，表示“魔力、妖术”，与之有亲缘关系的另一个词 fascia 则表示“绑带，用绑带包扎”，还有 fascis，表示“一捆、一束”；ligâre，“束缚”；ligâtûra，“束缚的动作”，也有“施展魔法”和“魔力”的意思（参见罗马尼亚语，legatura，“束缚的动作”，“使着魔”）；梵语 yukli，原义是“套、连接、束缚”，同时也有“魔法手段”的意思，瑜伽的威力有时也被认为是一种用“束缚”施展的魔法。④ 这些不同语言中的相关词汇也说明束缚这一动作本

---

① 大多数情况都是阴间的神灵，但也不是绝对的。

② 万博里（H. Vambéry）：《土耳其-鞑靼的原始文化》（*Die primitive Kultur des turko-tatarischen Vlokes*, Leipzig, 1879, p.246）；艾利斯（A. B. Ellis）：《讲约鲁巴语的人》（*Yoruba-speaking peoples*, London, 1894, p.118）。

③ 参见《关于各民族信仰和习俗中的索套与网的题材》，p.17。

④ 对照笔者：《瑜伽：印度神秘学的起源研究》（*Yoga. Essai sur les origines de la mystique indienne*, Paris-Bucarest, 1936, p.151）；库玛拉斯瓦米：《精神父权》《木偶情结》（“Spiritual Paterninty” and “puppet-Complex”, *Psychiatry*, VIII, Nr.3, August 1945, pp.25—35, pp.29 *sq.*）。

质上是带有法力的。我们这里探讨的是一些特别“专业”的词：施法、用法力进行束缚、蛊惑等等。从词源学的角度看，religio 这个词也暗含着一种与神灵相“联结”的形式，但我们不能贸然地将 religio 理解成“巫术”①。正如我们之前说过的，宗教与法术在本质上都含有“束缚”的成分，但是，两者明显的差别不仅在于束缚的强度不同，更在于这两种束缚所起的作用是截然相反的。

“有限处境”的象征意义

其他一些具有象征意义的情结几乎都以相同的表达方式勾勒出宇宙空间结构以及人在世界的“处境”的基本特征。巴比伦语中 markasu 一词，意为“连接、粗绳”，在神话中指的是“连接一切事物的宇宙准则”，也指“支撑整个宇宙的所有物体、力量和神圣的法则”。② 同样的，庄子所说的“道”指的也是“天地万物的链接”③，与印度宗教中关于宇宙的词汇类似。另一方面，

---

① 如葛特所说，参见《雅利安人世界的国王和救世主》，p.130。

② 兰戈登（S. Langdon）：《闪语族神话》（*Semitic Mythology*, Boston 1931, p.109）。好几座巴比伦神庙都被命名为“天与地之间的连接”，参见布罗维（E. Burrows）.《巴比伦宗教中的宇宙范式》（“Some cosmological patterns in babylonian religion”, *Labyrinth*, édité par S. H. Hook, London, 1935, pp. 47—48）。“束缚”的象征意义包含在我们称之为“中心的象征”的整体中，参见同上，p.57。

③ 所有创造物之间的联系。参见库玛拉斯瓦米：《丢勒的结的图像研究以及达·芬奇作品的“串联”》（“The iconography of Dürer's ‘Knots’ and Leonardo's ‘concatenation’”, *The Art Quarterly*, Spring, 1944, pp.109—128）。

迷宫有时也设计成有待“解开”的“结”的形状,这一概念贯穿于整个形而上的宗教学之中,体现了困难、危险、死亡以及启蒙等多种意义。① 而在表达知识和智慧方面,也有一些相似的词汇:比如说,从幻象中获得“解脱”(“幻象”这个词在印度也可以表示伐楼拿的法力,mâyâ);尽力“撕毁”虚幻的面纱,“解开”存在之“结”;等等。这些词给我们的总体印象是,无论从哪个角度进行考察,人在世界中的处境总能用一些包含着“束缚、联结、链接”等意义的关键词来表达。从法术的角度看,人用带结的护身符来抵御恶魔和巫师的绳索;从宗教的角度看,人感觉自己被上帝“束缚”,被上帝的绳索“套住”;而死神同样也“束缚”着他,无论是具象的(尸体被绳索捆绑)还是隐喻的(恶魔“束缚”着死者的魂魄)。所幸的是,生命本身就是一种“织物”(有时是宇宙中的带有法力的织物),或者是一根“绳子”,掌握着每个必死之人的生命的绳子。这些不同的视角却也有着一些相同点:

① 对照马勒库拉的丧葬观念和礼仪,迷宫都以结的形式呈现在其中;贝尔纳·迪康(A. Bernard Deacon):《来自马勒库拉岛和新赫布里底群岛的几何图形》,载《人类学学院杂志》(“Geometrical Drawings from Malekula and other Islands of the New Hebrides”, *Journal of the Anthropological Institute*, vol. LXVI, 1934, pp.129—175);贝尔纳·迪康:《马勒库拉:新赫布里底群岛正在消失的民族》(*Malekula, A vanishing people of the New Hebrides*, London, 1934, pp.552 *sq.*);约翰·拉雅尔德(John Layard):《马勒库拉岛的死亡之旅》(“Totenfahrt auf Malekula”, *Eranos-Jahrbuch 1937*, Zürich, 1938, pp.242—291);《马勒库拉岛的石头人》(*Stone Men of Malekula*, London, 1942, pp.340 *sq.*, 649 *sq.*);类似的阐释见杰克逊·奈特(W. J. Knight):《库米女巫之门》(*Cumaean Gates*, Oxford, 1936);卡尔·凯伦依:《迷宫研究》(“Labyrinth-Studien”, *Albae Vigiliac*, XV, Amsterdam-leipzig, 1941)。

无论从哪种视角看，人的终极目标都是从“绳索”中获得解放：一方面是从迷宫的象征角度传授宗教奥义，在这一过程中，人们学着解开迷宫般的结，以期望自己的魂魄遇上这样的结的时候也能够解开；与之相对应的是从哲学和玄学的角度传授宗教奥义，哲学和玄学的意图在于“撕毁”无知的面纱，将困在锁链中的灵魂释放出来。我们知道在印度的宗教思想中，对获得解脱的渴求占有绝对的主导地位，而最具有代表性的词汇都是一些成对出现的用语，如“束缚-解脱”“捆绑-松绑”“固定-解开”等等。[①] 相同的表达方式在古希腊哲学中也能找到：柏拉图的洞穴理论中就有一些人被铁链绑着，不能走动，也不能转头。[②] 灵魂，“在陨落之后，被抓住，被链条绑住……有人说，灵魂被关进了坟墓里，洞穴里，但是当灵魂回身走向思想的时候，便从锁链中获得了解脱……”[③]

“束缚”情结具有的多重价值——诚如我们刚刚从不同角度考察的那样，宇宙空间的、法术的、宗教的、传授宗教奥义的、玄学的、救赎论的——或许应当归因于这样一个事实，那就是**人通过这一情结认识到一种自身在世界上的处境的原型**。因此，

① 参见笔者：《瑜伽术》。库玛拉斯瓦米在《丢勒的结的图像研究》一文中重点讨论了结的玄学价值以及结在民间艺术上的运用，甚至在中世纪和文艺复兴时期的某些艺术家的作品中也发现了结这一图形。

② 《理想国》，VII，514。

③ 普罗提诺：《九章集》，IV，8，4；参见 IV，8，1：“对灵魂来说，走向智慧之路就是从绳索中获得解脱。”

这一事实首先会让我们进行哲学和人类学的思考，纯粹的哲学研究只有重视这些涉及古代人“极限境遇”的材料才能取得更长足的进步，因为即使当下的思想家自诩已经对实在的人有了新的发现，但他们所谓的发现无非只是基于对现代西方境遇的分析，因缺乏一种普世性，同时还具有一种单一、贫瘠的人类“乡土气”而显现出明显的不足。

此外，“束缚”情结也会提出，或者更确切地说是会构成一个宗教史学最高层次的问题。这不仅是因为这一情结让我们看到了法术和宗教之间千丝万缕的关系，更是因为这一情结也向我们展示了宗教法术形式的扩散以及这些形式的一种“生理学”特征：我们似乎观摩了一个“束缚”原型，这一原型不仅试图在宗教法术生命的各个层面实现束缚（宇宙空间的、神话学的、巫术的等等），而且试图在这些层面的不同等级上实现束缚（比如说大型的法力和小型的法力，进攻型的巫术和防御型的巫术，等等）。从一定程度上说，我们甚至可以认为，**如果历史的或者被历史化的“可怕的王权”都会尽力模仿神化的原型，即“束缚之神”，那么无论哪个巫师都会模仿可怕的王和他超越的原型**。恶龙弗栗多“用铁链止住”水，伐楼拿用“捆绑”对付罪犯，恶魔将死者抓进自己布下的“罗网”，巫师用巫术束缚对手或者给中了其他巫术的人松绑，他们的做法在形态上都是一脉相承，没有任何断裂的。而这些做法的构成也是完全一致的。就我们目前的认知而言，我们很难确定这样的一致性是否源于模仿，源于**“历史性”的借鉴**（这里取文化历史学派赋予该词的意义），也很难确定这样的一致性是否可以解释成因为都发生于**人在世界上的同一处境**之下，所以所有这些做法都是一致的，也就是说这些做法都是在不同的层面、不同的文化场域中先后形成的同一个原型的变体。可以肯定的是，至少在讨论某些情结时（比如印欧文明中的带有法力的王权），我们指向的是**在历史上**相互关联的不同文明中的整套神话和宗教习俗。但是印欧文明中的“束缚”情结，它的历史实在性并不一定意味着其他一些散布在世界各地，包含着类似情结的宗教法术的习俗和信仰也是“历史的”（也就是说产生于同一个祖先，或者源于历史的直接或间接影响，或是受到历史的借鉴，等等）。为使我们的观点表达得更为清晰，我们需要补充说明的是，即使印欧文明中的个例不足以得出这样的结论，但也不能排除这一结论的正确性，因此，这个问题有待进一步的讨论和研究。

象征和历史

我们可以举一个类似的例子来作一下比较：宗教仪式的

升天情结和依靠法术飞升的情结。如果说所有将升天作为最基本的要素之一的宗教信仰和体系(宗教仪式的,神学的)之间存在着一些历史性的联系(亲缘关系或者借鉴)①,那么升天的形象和飞的象征意义远远不止这些历史性的联系。即便有一天,我们能找出解释与升天相关的所有宗教仪式和社会象征意义的历史性根源,即便因此我们能详细地说明其传播的机制和步骤,我们依然需要去解释有关升天的梦、幻想和美好的白日梦,它们的象征意义是什么,这些梦和幻想都是围绕升天情结展开的,同时也有序地展现了这一情结的多种功能,这与宗教仪式、神话和哲学教条中展现出来的功能并没有区别。我们已经着手进行这方面的比较研究。② 概括来说,我们讨论的是同一原型象征的非历史性表现,这一原型象征始终有条不紊地在"无意识"(梦、幻觉、清醒梦)层面和"超意识""意识"层面(白日美梦、宗教仪式、神话、哲学教条)。值得一提的是,无意识和潜意识的表现形式呈现出来的结构和功能与有意识的表现形式完全吻合;而一般认为,有意识的表现形式是"理性的",也就是说其功能是可以在逻辑上得到解释的,所以我们可以说,潜意识或超意识也是存在一种"逻辑"的,但

① 参见笔者:《萨满教及古代入迷术》,pp.137, 296, 362, 423。
② 参见《艺术与思想——向后期的库玛拉斯瓦米致敬的一本书》(*Art and Thought, A volume in honor of the late Dr Ananda K. Coomaraswamy*, London, 1947, pp.209—213)。

这种逻辑与所谓的“正常的逻辑”（也就是说经典的逻辑，或者合乎常理的逻辑）又不太一样。那我们暂且先这样假设，控制和组织有意识与超意识活动的原型同样控制着潜意识的某个区域。既然如此，我们就可以认为同一个具有象征意义的情结，其多个变体其实是一连串无穷的，在不同的层面上的（梦的、神话的、宗教学的、神学的、玄学的等等）“形态”，来赋予原型以“实在性”的形式。

当然，所有这些“形态”都不是自动形成的，也不直接来自理想中的原型；其中大部分的形态都是具有“历史性的”，从这个意义上说，这些形态都是现有形态的进化或者模仿。用“束缚”来施展法术，它的某些变体表现出多变的一面，这让人非常困惑；甚至会让人觉得是一定程度上复制了带有法力的王权或者丧葬神话中一些现有的“历史形态”。不过，这里需要特别注意，因为宗教情结中一些反常的变体常常会显出多变的一面，这是一个普遍的事实。但可以确定的是，任何一个“历史形态”都会尽可能地与原型靠拢，即使是处在次要的、无关痛痒的层面上的形态，也会有这样的趋势：整个人类宗教历史都可以证明这一现象的正确性。无论哪个地区的女生都想要成为**唯一**伟大的女神；无论哪个村落都想**成为**“世界的中心”；无论哪个巫师在法力最强的时候都会声称自己是宇宙之王。正是这一向原型靠拢，向重建**完美形态**——任何一种宗教习俗、神话或者神灵，都只是完美形态的变体，而且常常是一些无足轻重的变体——靠拢的趋势，使得宗教历史得以形成。若没有这样一种趋势，那么宗教法术将不断地创造出转瞬即逝、昙花一现的神的形态、神话的形态、教条的形态，而研究者只能面对大量不断更新又杂乱无序的形态束手无策。然而，一旦宗教形态被赋予“实在性”“历史性”，那么它也会摆脱时间和地域的限制，而试图成为一个普世的形态，并找回自己的原型。归根结底，以胜利者的姿态脱颖而出的宗教形态的“扩张”，也可以在这一趋势中找到解释，因为这一趋势促使任何一个显圣物或者神显物变成“一切”，也就是说，任何一个显圣物或者神显物**自身**包含所有神圣的表达，化作无穷的神圣的形态。①

宗教法术的“束缚”情结，不管为大众所熟知的样子是如何，它们都极有可能对应某一个原型或者某一个原型星座（可以举几个例子：宇宙的编织、人类命运之线、迷宫、存在的锁链等等）。“束缚”、结，还有“从绳索中解脱”，这些图形的矛盾性和异质性再次证明，这些原型被赋予实在性的范围之广、次数之多。当然，这并不意味着，面对与这些宗教法术情结相关的庞大而又浩瀚的事实，我们无法分辨出**历史上相关联**的整套宗教思想行为，也不是说认为它们是相互依存或者有相同的

① 参见《宗教历史论著》，p.392。

起源的观点是错误的。这就是葛特、杜梅吉尔和克罗斯从不同的角度对印欧文明的宗教所作研究的主要内容。我们不确定是否完全认同克罗斯的观点，这位学者始终严格遵循维也纳文化历史学派[①]的主张，他试图对美国或者美索不达米亚文化中的“束缚”习俗或者神话作出解释，认为从历史上看，它们与印欧文明的宗教形态产生于同一源头。他作过一个假设，看似更让人信服，那就是我们在高加索文明中能找到印欧宗教仪式“束缚”情结的源头：芬兰乌戈尔族人和土耳其鞑靼族人并不了解“束缚”的神话和宗教仪式，这似乎说明我们可以在南方国家中找到这一情结的源头。事实上，与“格鲁吉亚白人”的锁链，这一格鲁吉亚宗教习俗最接近的事例是在印度：一方面，贡德人的巫师(Panda)[②]在为期九天的 Kâlî-Dûrga 节日(这个节日贡德人称为 zvârâ，这个词来源于印地语 javârâ，即“燕麦”，也说明这个节日源于农耕文化)期间，脖子上都要套一个铁环；另一方面，摩亨朱-达罗(Mohenjo-Daro)的“原始湿婆”和一座女神像的

---

① 历史文化学派的施密特(W. Schmidt)和科佩斯(W. Koppers)对宗教历史的研究都作出了重要贡献，但是历史文化学派的论断却过于绝对，他们认为人是“历史化”的产物，因而否定了人所有的精神自觉。若人不能被认为是一个历史性的存在，那么更不可能认为人从本质上来说，与历史相对抗，并试图消解历史，千方百计地找回超越时间的“伊甸园”，因为在这样一个“伊甸园”里，人的处境不是一种“历史性的处境”，而是一种“人类学的处境”。参见笔者：《永恒回归的神话：原型与重复》。

② 对照科佩斯：《印度河中部的生育仪式及其与印度河文化的关系》(“Zentralindische Fruchtbarkeitsriten und ihre Beziehungen zur induskultur”, *Geographica Helvetica*, I, 1946, Heft 2, pp.168 *sq.*)。

脖子上也都套着铁环。[①] 当然,我们并不能因此便认为贡德人现在的宗教习俗直接来源于印度河流域原始时期的历史文化,但是在科佩斯的研究中,这些事实之间所建立起来的联系却颇具意义。[②]

然而,为何在美索不达米亚古代宗教中会有如此多"束缚""结"之类的图形?这一问题的答案还有待探究。也可能是一个被边缘化的变体,无法像在印欧文明的宗教中那样,形成一个完整的神学和宗教仪式的体系,并成为整个宗教生活不可分割的一部分,这个变体只能在数量上无限增长,形态上转变成神圣甚至是恶魔的象征,从而成了一个附着于任何一个神灵又为任何一个巫师所利用的变体?可以肯定的是,只有在印欧文明中,"束缚"情结才能有机地融入神灵或人类可怕王权的构成之中;只有在印欧文明中——诚如杜梅吉尔的研究所揭示的那样——我们才能看到这样一个**严密的体系**,一个广泛运用于各个领域,包括宗教仪式的、神话学的、神学的等体系。但是,即使是在印

① 对照马夏尔(J. Marshall):《摩亨朱-达罗与印度文明》(*Mohenjo-Daro and the Indus Civilization*, London, 1931, t. I, planche XII, pp.8, 17)。

② 爱琴海宗教中结在宗教仪式上的功能(参见《米诺斯的宫殿》, I, pp. 430 *sq.*)尚不确定:尼尔森(M. P. Nilsson)否认结在宗教仪式上的功能,并认为它只是单纯的一种装饰品,参见《米诺斯-迈锡尼宗教》(*Minoan-Mycenaean Religion*, Lund, 1927, pp.137 *sq.*, 349 *sq.*),但最新的研究已经证实了结在宗教仪式上的功能,参见培森(Axel W. Persson):《史前时期的希腊宗教》(*The Religion of Greece in prehistoric times*, Berkeley et Los Angeles, 1942, pp.38, 68)。也可对照查尔斯·皮卡尔(Charles Picard):《前希腊时期的宗教:克里特人和迈锡尼人》(*Les Religions préhelléniques. Crète et Mycènes*, Paris, 1948, pp.194—195)。

欧文明中,这一集中体现可怕的王权思想的**体系**也依然允许宗教法术的各种形态和与“束缚”相关的象征保有一定的创造力。这一点在前几个章节中均有论述,我们也一直试图从法术的、神话学的,甚至宗教本身的角度对这一事实作出解释:这可能源于人在世界上的处境(自发性的“根源”),或者源于对现有形态或多或少带有卑屈意味的模仿(历史性的“起源”)。不过无论倾向于哪种解释,印欧文明中可怕的众神之王的观念是极其复杂的,这是毋庸置疑的。我们开始从中窥探到史前历史的印迹,也从中看到可能存在的对异域宗教传统的借鉴。尽管因其结构的原因,我们很有可能将这一观念归入法术观念之列,但纯粹地将它定义成一种法术观念也是不恰当的:一方面,我们已经强调过在印度国内,伐楼拿和弗栗多的“束缚”具有宇宙空间学和玄学的多种价值;另一方面,希伯来人那里由同一情结引发的宗教体验证明,一种纯粹的、有深度的宗教生活可以从表面凶悍的“束缚者”上帝的“索套”中汲取营养。

第四章　贝壳的象征

月亮与水

牡蛎、海贝、蜗牛、珍珠，这些无论在水生宇宙理论还是在关于性的象征意义上都有着相同之处。它们有助于形成凝聚在水、月亮、女人之中的神性力量；此外，出于各种不同的原因，它们本身就是这股力量的象征：海贝与女人生殖器官相似，牡蛎、水和月亮相关联，牡蛎中产生的珍珠具有生育和胚胎的象征意义。在世界各地，从史前到如今的现代社会，人们都笃信牡蛎和贝壳有着神奇的力量。① 由这样的观念所形成的象征意义，也

---

① 孔茨（G. F. Kunz）和查尔斯·休·斯蒂文森（Charles Hugh Stevenson）：《珍珠之书》（*The Book of the Pearl*, London, 1908）；书中搜集了大量关于珍珠传播的资料；杰克逊（J. W. Jackson）：《珍珠与珍珠贝类用途的地理分布》，载《贝类作为早期文化迁徙的见证》（"The geographical distribution of the use of Pearls and Pearl-shells", mémoire republié dans le volume *Shells as Evidence of the migration of Early Culture*, Manchester, 1917, p.53），对孔茨和斯蒂文森的论述进行了补充。我们在赫德伯格关于贝壳的法术功能一文（《在欧洲作为护身符的贝类与贝壳》）中列举了大量的参考文献，参见《民俗学》（"Cowrie-shells as amulets in Europe", vol.53—54, 1942— （转下页）

许我们只有深入“原始”思想的内核才能找到解释。不过，它也经历了“现实化”，并被赋予多种阐释：我们看到，在农耕典礼、结婚或者丧葬仪式上，牡蛎、贝壳被用来装饰衣服，或者被当作首饰。在这些用途中，它们的宗教法术意义被部分削弱甚至被消解了。对于某些民族来说，贝壳依然是装饰图案的一种，但其法力的功效已经大不如前。珍珠原本象征生育能力，或者代表超验的现实，而今在西方，它只剩下作为一种“宝石”的价值。在本书的最后，我们会更加明确地指出，贝壳、珍珠之类的象征意义正在不断地被贬低。

“水-牡蛎”这一整体形象在前哥伦布时期的美洲十分盛行。位于马兰切山的“图拉浮雕”象征着被水域围绕的神灵，水域中有牡蛎、螺旋贝壳和双重圆圈。① 在《纳托尔法典》(*Codex Nuttall*)中，“水-鱼-蛇-蟹-牡蛎”被当作一个整体，成为一种情结，并占

(接上页)1943, pp.178—195)；可对照一系列在《人》(la revue *Man*)杂志上发表的文章：穆雷(M. A. Murray)认为贝类的法术功能来自它与半开的鸡蛋之间的相似性(*The meaning of Cowrie-shell*, octobre 1939, No 165, p.167)；第61期，科特·辛格(Dr. Kurt Singer)：《早期日本的贝壳与波薄女》，公开了一座日本新石器时代的雕塑，表现出贝壳与女性外阴之间的相似性(*Cowrie and baubo in early Japan*, No 61, pp. 50—53)；第78期，米克(C. K. Meek)：《尼日利亚的贝类》(*Cowrie in Nigeria*)；第79期，杰弗瑞(M. D. W. Jeffreys)：《英属卡梅隆的贝壳》，其中表达了与穆雷截然相反的观点(*Cowrie shells in British Cameroun*)；第101期，第102期，第187期；1941年，第71期，杰弗瑞：《贝壳、外阴、眼睛》(*Cowrie, Vulva, Eye*)。

① 佩纳菲尔(Peñafiel)：《古代墨西哥的艺术》(*Monumentos del arte mexicano antiguo*, p.154)；后被列奥·维纳(Leo Wiener)重写，参见《玛雅与墨西哥起源》(*Mayan and Mexican origins*, Cambridge, 1926, pl. IV, fig. 8)。

有重要的位置。[①]《德累斯顿法典》(*Codex Dresdensis*)描绘的水,或从牡蛎的壳中流出,或填满绘有蛇形缠绕图案的花瓶。[②]墨西哥神话中,雷雨神佩戴着一条挂着小海贝的金链条[③];月亮神则佩戴着一只大海龟作为象征。[④]

古代中国较为完整地保留了牡蛎的象征意义:贝壳在赋予月亮神力的过程中扮演着重要角色,同时,贝壳也能增强水神的力量。据《吕氏春秋》(公元前3世纪)记载,"月也者,群阴之本也。月望则蚌蛤实,群阴盈;月晦则蚌蛤虚,群阴亏。夫月形乎天,而群阴化乎渊。"[⑤]墨子(公元前5世纪)指出含珍珠的牡蛎,即蚌,可以在不与雄性交配的情况下产卵,之后他又加了一句,大意是:总而言之,蚌中之所以能产出珍珠,是因为它集聚了所有阴的力量。[⑥] 公元前2世纪就有中国文人写道,月亮是阴的

① 维纳,《玛雅与墨西哥起源》(pl. IV, fig. 13 ; pl. VII, fig. 14);《纳托尔法典》(*le Codex Nuttall*, p.16, 36, 43, 49)。

② 维纳:《德累斯顿法典》(*Codex Dresdensis*, p.34, etc., fig. 112—116)。

③ 萨根(B. de Sahagun):《新西班牙事物的普遍历史》(*Historia general de las cosas de Nueva España*, Mexico, 1896, vol. I, ch. 5);维纳,《玛雅与墨西哥起源》(p.68 ; cf. fig. 75)。

④ 杰克逊:《阿兹特克人的月亮崇拜,及其与印度犬齿螺崇拜之间的联系》,载《曼彻斯特回忆录》("The Aztec Moon-cult and its relation to the Chank-cult of India", *Manchester Memoirs*, Manchester, 1916, vol. 60, No 5)。

⑤ 高本汉(B. Karlgren):《古代中国的多产象征》,载《远东文物博物馆志》("Some fecundity symbols in ancient China", *The Bulletion of the Museum of Far Eastern Antiquities*, No 2, Stockolm, 1930, p.36)。

⑥ 高本汉,同上,可对照格拉内(Granet)在《古代中国的舞蹈与传说》中关于珍珠贝壳与月亮的关系的论述(*Danses et Légendes de la Chine ancienne*, Paris, 1926, pp.480, 514, etc.)。

根源。因此,月亏之时,鱼的大脑会缩小,月食之时,螺旋单壳肉质的部分会不全。他还说,双壳的贝壳、螃蟹、珍珠、海龟,它们的数量都会随着月亮的阴晴圆缺而增加或减少。①

阴还代表着宇宙中女性、阴性、"潮湿"的力量。若在某个特定的地区,阴的力量过于活跃,那么女性的性欲就会激增,从而导致"淫乱的女人祸害男人"(《楚书》第1卷,引自高本汉译文)。事实上,阴与阳两种力量与人类社会之间存在着神奇的联系。皇帝的銮驾上都镶着玉(富含阳气),而皇后的凤驾上则镶嵌着孔雀的羽毛、贝壳,象征着阴。只要阴阳两种相互对立又互为补充的力量运行顺利,那么宇宙生命也能按照正常的节奏有条不紊地繁衍。正如荀子所说:"玉在山而草木润,渊生珠而崖不枯。"在之后的章节中,我们还可以看到玉与珠这一对象征符号在中国的丧葬习俗中表现出的意义。

关于月的变化对牡蛎的影响,古希腊时期的人们便有了类似的看法。

卢基里乌斯(Lucilius)说:"月亮培育牡蛎,填满海胆,为贻贝带去力量和生气(Luna alit et implet echinos, muribus fibra et jecur addit.)。"普林尼(Pline)、奥鲁斯·盖留斯(Aulu-Gelle)等一些作家

① 格鲁特(J.-J. de Groot):《中国民间宗教研究》(*Les Fêtes annuellement célébrées à Emouï, Étude concernant la religion populaire des Chinois*, Paris, 1886, vol. II, p.491),关于月亮与水之间的关系,见上书 p.488 *sq.*;关于月亮对珍珠的影响,同上,p.490 *sq.*。

都曾提到过类似的现象。这一非科学的传统尽管源自于一种我们已无法辨明其功能的古老象征，但在欧洲却一直流传至18世纪。[①]

丰产的象征

牡蛎、海贝除了都是水生生物，都具有与月亮相关的象征意义之外，它们与外阴形状上的相似也使人们相信它们所带来的神奇力量。[②] 这一相似之处有时甚至反映在一些双壳软体动物的命名上，比如古丹麦语中牡蛎被称为kudefisk（kude即“外阴”之意。参见高本汉：《古代中国的多产象征》，p34，注释）。关于贝壳与女性生殖器官之间的相似性，我们在日语的表达中也可以找到印证。[③] 因此海贝和牡蛎也能代表子宫的神奇力量。它们身上呈现出强大的繁殖力，如一股不竭之源，从代表女性本

---

① 圣蒂夫（P. Saintyves）：《民间占星术：与月亮影响相关的传统与准则》（*L'Astrologie populaire, étudiée spécialement dans les doctrines et les traditions relatives à l'influence de la lune*, Paris, 1937, pp.231 *sq.*）。

② 艾格瑞蒙（Aigremont）：《贝壳与蜗牛作为外阴象征的过去与现在》，载《人类植物学》（“Muschel und Schnecke als Symbol der Vulva einst und jetzt”, *Anthropophyteia*, VI, pp.35—40）；梅耶：《古印度三部曲与植被节日》（*Trilogie altindischer Mächte und Feste der Vegetation*, Zürich, 1937, vol. I, p. 233），还可对照杂志《人》（La Revue *Man*, 1939—1942）。

③ 对照安特生：《黄土地的儿女：史前中国研究》（*Children of the yellow earth. Studies in prehistoric China*, London, 1934, p. 305）。辛格公布过新石器时代的女人雕像（《早期日本的贝壳与波薄女》），其中巨大的外阴就是用一根绳吊着的巨大的贝壳做成的。双壳的贝类在国主之命的复活神话中扮演着重要作用。辛格认为，这一雕像代表的是“可怕的天母”。18世纪的自然主义者也承认贝类与外阴颇为相似，并由此进行贝类的分类。艾略特·史密斯（G. Elliot Smith）在《龙的演变》（*The evolution of the Dragon*, Manchester, 1919）中也提到类似的观点。

源的象征中喷薄而出。女人也把牡蛎、珍珠、海贝等物佩戴在身上，作为一种护身符或者饰品，希望能驱邪避害，增强自己的生育能力。肯尼亚的康巴族女人会佩戴饰有牡蛎壳的腰带，直至诞下第一个孩子才会将其脱下。① 在其他地方，牡蛎也常常成为最适宜赠送给新婚夫妇的礼物。在印度南部，年轻女孩会佩戴海贝制成的项链②，现代印度疗法也用到珍珠磨成的粉末，主要利用的是它宁神和壮阳方面的功效。③ 这是“科学地”将珍珠运用在具体的、立竿见影的地方。但对它在古代社会的象征意义，我们还是一知半解。

珍珠的宇宙学功能和神奇功效自印度的吠陀时期便已经尽人皆知。《阿闼婆吠陀》中的一首圣歌是这样盛赞珍珠的：“从疾风、空气、闪电、阳光中诞生的珍珠，从黄金中诞生的珍珠贝壳，护佑我们远离恐惧！有了源于海洋的贝壳，有了第一件发光发亮之物，我们便可以杀死恶魔，战胜凶残的魔鬼。有了贝壳，我们便可以战胜疾病，战胜贫穷……贝壳就是我们的救世良药；珍珠让我们不再害怕。这枚贝壳，来自上天，来自大海，顺着印度河来到这里，从黄金中诞生，它是我们的宝物，可以延长我们

---

① 安特生：《黄土地的儿女：史前中国研究》，p.304。可参见米克：《人》（*Man*, 1940, No 78）。

② 安特生，同上书，p.304。Tiagy 的年轻姑娘会佩戴软体动物的壳作为自己贞洁的象征，一旦丢失，她们便再也不能重新佩戴。

③ 孔茨、斯蒂文森：《珍珠之书》，p.309，引用到塔格尔（Sourindro Mohan Tagore）的论述（*Mani-Mâlâ or a treatisc on Gems*, Calcutta, 1881）。

的生命。宝物源于大海,阳光源于云朵,它保护我们,让我们躲开来自四面八方的神灵和阿修罗之箭。你就是一块金子("珍珠"也是金子的另一个名字),你源自月亮,你装饰车马,你在箭袋上熠熠发光。让我们的生命更长久一些吧! 神灵之骨化成了珍珠;神灵之骨有了生命,在水中消逝。我依赖你,想获得生命,想活得有生气,有力量,想活得更久一些,想活过一百个春夏秋冬。让珍珠保佑你吧!"(《阿闼婆吠陀》,IV,10)

中国医学则将珍珠视作一剂良药,专门用来治疗不孕不育或者妇科疾病。① 在日本有一种说法,称某些贻贝有助于分娩,并因此将这些贻贝命名为"快速分娩贻贝"②。在中国,人们会提醒怀孕的女人不要碰某些容易导致早产的牡蛎③。牡蛎明显体现着阴的理论,它对分娩有益处,有时甚至能催生。中国作家还提出,孕育在牡蛎中的珍珠与母亲怀着的胎儿极为相似。在《胚芽》(11世纪)中,人们是这样描述蚌的:"蚌中孕育着珍珠,这犹如怀胎十月的女子,所以蚌也被称为'珍珠之腹'"④。

希腊人眼中的珍珠是爱情和婚姻的象征。⑤ 在爱琴文明时

---

① 对照杰克逊:《贝类作为早期文化迁徙的见证》(*Shells as evidence of the migrations of early culture*, p.101);格鲁特:《中国的宗教体系》(*The religious system of China*, vol. I, Leiden, 1898, pp.217, 277)。
② 安特生:《黄土地的儿女:史前中国研究》,p.304。
③ 高本汉:《古代中国的多产象征》,p.36。
④ 同上。
⑤ 孔茨、斯蒂文森:《珍珠之书》,p.307。

期，人们都将贝壳与希腊各大女神联系在一起。[①] 传说阿芙洛狄忒诞生于海中的泡沫，之后被带到了塞浦路斯，在那里，人们纷纷将贝壳献给她。[②] 地中海沿岸的国家都有着这样一个传说：阿芙洛狄忒是诞生于一个巨大的海螺中。普劳图斯(Plaute)在翻译狄菲卢斯的诗句时也证实了这一神话(Te ex concha natam esse autumnant)。[③] 在叙利亚，女神被命名为"珍珠夫人"；在昂蒂奥什，又变成了马里加托(Margaritô)。[④] 许多刻在贝壳上的图案和文字也证实了阿芙洛狄忒-贝壳这一情结的存在[⑤]。古希腊人应该也了解贝壳与女性生殖器官之间的相似。阿芙洛狄忒诞生于海螺的传说颇为形象地说明了女神与其本原之间神秘的联系。正是贝壳在生育和繁衍上的象征意义激活了它在宗教仪式上的功能。[⑥] 贝壳作为宇宙子宫的象征，带来了巨大的生产能力，基于这一点，在许多丧葬仪式上人们都

---

① 对照查尔斯·皮卡尔：《前希腊的宗教》(*Les Religions préhelléniques*, pp.60, 80, etc.)。

② 普林尼：《博物志》，IX，30；XXXII，5。

③ 德奥纳(W. Déonna)：《贝壳里的阿芙洛狄忒》，载《考古学杂志》(«Aphrodite à la coquille», *Revue Archéologique*, novembre-décembre, 1917, pp.312—416)。

④ 德奥纳，同上书，p.400；雨果·温科勒(Hugo Winckler)也认为希腊词 margarites 源于巴比伦语的 mâr-gallittu，参见温科勒：《天空和巴比伦人的世界观》(*Himmels und Weltenbild der Babylonier*, 2ᵉ éd., Leipzig, 1903, p.58, n.1)。

⑤ 德奥纳：《贝壳里的阿芙洛狄忒》，p.402。

⑥ 对照《文物词典》中的"Bucina"词条(*Dictionnaire des antiquités*, s. v. *Bucinna*)；贝鲁西(G. Bellucci)：《人种对照》(*Parallèles ethnographiques*, Pérouse, 1915, pp.25—27)；佩斯塔罗扎(U. Pestallozza)：《宗教史研究与材料》(*Studi e Materiali di Storia delle Religioni*, vol. XIV, 1938, pp.14 *sq.*)；赫斯·梅根(Hoernes-Menghin)：《欧洲的史前造型艺术》(*Urgeschichte der bildenden Kunst in Europa*, Wien, 1925, p.319)。

会用到贝壳。这样一种再生的象征意义不会轻易消失：贝壳象征着无数古罗马纪念碑的复兴，这也出现在后来的基督教艺术中。[①] 在某些地方，维纳斯也常常作为死亡的象征：她的石雕像裸露着上半身，脚下立着白鸽。[②] 死亡被同化为不断更新轮回的生命原型，因而实现了复活。

海贝、珍珠、蜗牛在世界各地都象征着爱情和婚姻。迦摩天的雕像也用贝壳作为装饰。[③] 在印度，人们会用吹大海贝的方式来宣布结婚典礼开始。[④] 这里的贝壳其实也是毗湿奴两大主要象征符号之一。一份祷告词可以说明贝壳的宗教功能："贝壳的开口之处是月亮神，两边是伐楼拿，背上是生主，最高处是恒河、萨拉斯瓦蒂河和三界中的所有其他圣河，这也是在提婆的指令下实施净礼的地方。贝壳里面是婆罗门僧侣的长老。我们同样也崇拜这个神圣的贝壳。神圣的贝壳，你有着无限荣耀，所有的神灵都降福于你，你诞生于大海，毗湿奴将你捧在手中。我们崇拜神圣的贝壳，我们对着它冥想。让我们为它疯狂吧！"[⑤]

---

① 德奥纳：《贝壳里的阿芙洛狄忒》，p.408。

② 同上书，p.409。

③ 梅耶：《古印度三部曲与植被节日》，p.29。

④ 杰克逊：《贝壳与小号在新旧世界中的分布》，载《曼彻斯特回忆录》（"Shell-Trumpets and their distribution in the Old and New World", *Manchester Memoirs*, 1916, No 8, p.7）。

⑤ 霍内尔（Hornell）：《印度圣物犬齿螺》（*The sacred Chank of India*, Madras Fisheries Publications, 1914），亦可对照阿尔努·洛卡尔（Arnould Locard）：《印度宗教中的圣物贝壳》，载《吉美博物馆年鉴》（«Les Coquilles sacrées dans les religions indiennes», *Annales du Musée Guimet*, t. VII, pp.292—306）。

在阿兹特克文化中，蜗牛常常象征妊娠、怀孕、分娩。①《梵蒂冈抄本》的第二十六板提到了土著人对软体动物和分娩之间的联系所作出的解释，金仕堡对此稍作了改写："……如同这只海洋生物从壳中蹦出，人也是从母亲的腹中诞出。"②《泰利耶-兰斯抄本》第十一板中也记录着土著人作出的同样解释。③

贝壳的宗教仪式功能

了解了海贝、牡蛎、珍珠具有的象征意义，我们便能很容易地解释它们为何会出现在诸多宗教仪式、农耕节气或入教典礼上。牡蛎和珍珠不仅能促进繁殖、加速分娩，对农耕收成同样有着积极的影响。一个象征多产的符号所发挥的能量体现在宇宙的各个层面。

在印度，无论是寺庙里的重要活动，或是农耕节气、结婚或者丧葬仪式，人们都会吹响海螺。④ 在暹罗，祭司们会在开始播种的时候吹响贝壳。⑤ 在马拉巴尔海岸，第一批果实成熟的时

① 杰克逊：《阿兹特克的月亮崇拜》(*The Aztec Moon-Cult*, *passim.*)。
② 金仕堡(Kingsborough)：《墨西哥文物》(*Antiquities of Mexico*, London, 1831—1848, vol. VI, p.203)。
③ 同上书，VI，p.122。
④ 参见杰克逊搜集整理的大量相关资料，《贝壳-小号》，p.3。
⑤ 杰克逊：《阿兹特克的月亮崇拜》，p.3。

候，寺庙中的僧人也会让吹奏海螺的人为其引路。① 阿兹特克人也有相同的传统，他们会吹贝壳：我们在某些手抄本中看到，迎接花神和食神的时候，迎神队伍的最前面会有祭司在吹贝壳。②

我们已经较为详细地论述了海贝和牡蛎所表达的出生和重生的象征意义。入教仪式上总会出现一些代表死亡和复活的象征物；人们笃信贝壳意味着灵魂重生（复活），这就和相信贝壳一定可以保证和加速肉体的诞生是一样的。因此，在一些阿尔冈昆人的部落里，人们会在新教徒入教仪式上，用贝壳敲打新入教的信徒，同时拿一块贝壳给他看，向他讲述宇宙神话和部落的传统。③ 贝壳同样在许多美洲部落的宗教生活和巫术中扮演着重要角色。④ 在奥吉布瓦族印第安人的“大医学社团”和温尼贝戈族印第安人的“医学习俗”接纳新成员的仪式上，贝壳是一种不可或缺的物品：新成员通过触摸带有法力的蚌壳实现自己的死亡和复生，这些蚌壳事先装在用水獭皮做成的小袋子里。⑤

---

① 杰克逊：《阿兹特克的月亮崇拜》，p.3。
② 同上书，p.4。
③ 杰克逊：《美洲印第安人将钱币-贝壳作为圣物》，载《曼彻斯特回忆录》（“The Money-Cowry as a sacred object among American Indians”, *Manchester Memoirs*, vol. 60, No 4, 1916, pp.5 *sq.*）。
④ 参见杰克逊：《贝壳-小号》，p.17。
⑤ 参见笔者：《萨满教及古代入迷术》，pp.286 sq.。

贝壳与入教仪式，或者说得更宽泛一些，与各种不同的宗教习俗都有着同样的神秘联系，这在印度尼西亚、美拉尼西亚以及大洋洲沿岸的国家的习俗中都可以找到印证。[①] 在多哥许多村落的进门处，人们都会立几尊神像，神像的眼睛是用贝壳做成的，神像前面堆着许多贝壳作为祭品。[②] 另外一些地方，人们也将贝壳作为祭品献给河流、水源和树木。[③] 贝壳在宗教法术中发挥的作用也让它们在司法行政上占有一席之地。[④] 在古代中国的“原始”社会中，“阴”是宇宙理论之一，它的象征物确保了践行法律时的刚正不阿：贝壳象征宇宙生命，因此有能力发现所有践踏准则的行为，发现所有违背社会节奏和社会秩序的犯罪行为。

海蚌以及许多其他种类的贝壳由于与外阴极为相似，常被用来抵御妖术、巫术和凶兆。贝壳做成的项链、手链，饰有海蚌或者海蚌图形的护身符，能够护佑女人、孩子和家里的牲口免遭厄运，免受病痛之苦，进而使子孙绵延不断。[⑤] 而将海蚌等同于宇宙生命之源，这样的象征意义赋予海蚌更强大的作用，比如可

---

① 杰克逊：《贝壳与小号在新旧世界中的分布》，pp.8, 11, 90；里弗斯（W. H. R. Rivers）：《梅拉尼西亚社会的历史》（*Melanisian Society*, Cambridge, 1914, vol. I, pp.69, 98, 186 ; vol. II, pp.459, 535）。

② 安特生：《黄土地的儿女：史前中国研究》，p.306。

③ 同上书，p.312。

④ 同上书，p.307。

⑤ 对照塞利格曼：《邪恶的眼睛》，vol. II, pp.126 *sq.*, 204 *sq.*。

以永久地延续宇宙生命和社会生活的准则；保持健康、多产的状态；确保女人顺利地生产；或者保证新教徒在入教仪式上顺利地实现灵魂的“重生”。

丧葬信仰中贝壳的作用

海蚌和牡蛎在性与妇科医学上的象征意义其实暗含着灵魂层面上的含义：它们在入教仪式上可以帮助信徒实现“重生”，因为有了可以支撑宇宙生命的不竭之源。因此，贝壳和珍珠在丧葬仪式上也肩负着同样的使命：死者并没有与哺育和决定生命的宇宙之力分离。所以，我们能在中国人的坟墓里找到玉石；玉代表阳——男性的、太阳的、“坚硬的”力量，人们之所以将其放在坟墓中，是利用了其不易分解的特性。西晋炼丹家葛洪在《抱朴子》中说：“金玉在九窍，则死人为之不朽。”[①]齐梁间炼丹家陶弘景在论著中写道：“古来发冢见尸如生者，其身腹内外，无不大有金玉。汉制，王公葬，皆用珠襦玉匣，是使不朽故也。”[②]葛洪对玉“在九窍”的说法曾遭到多位述书者的质疑，但

① 罗福(B. Laufer)：《玉：中国考古学及宗教研究》(*Jade, a study in Chinese Archaeology and Religion*, Field Museum, Chicago, 1912, p.299, note)。

② 罗福，同上书，p.299。可对照高本汉：《古代中国的多产符号》，pp.22 *sq.*；吉泽勒(Giseler)：《道教中玉的象征符号》，载《宗教历史杂志》(«Les Symboles de jade dans le taoïsme», *Revue d'Histoire des Relogions*, 1932, t. 105, pp.158—181)。

最近的一些考古发现证实了这一说法。[①]

玉与蚌能帮助死者在冥间享福。如果说玉能防止尸体分解，那么珍珠和贝壳则助死者实现重生。《礼记》中记载，古人饰棺的物品有“五排的珍贝”，“诸多块的玉”。[②] 除了贝，中国人在丧葬仪式中还会用到一种较大较薄的蚌，称为珅。坟墓的底部还会放置一些双壳的蚌和贝。[③] 其他文献对这一用途有这样的评价：“落葬之前，会用珅垫在坟墓的底部，防止潮气侵入。”[④]死者的口中会放入珍珠，汉朝皇家的丧葬礼仪也证明“死者的口中塞满了米、珍珠、玉，这是丧葬仪式中长久以来的习俗”。[⑤] 我们在史前的一些人类栖息之地甚至发现了小贝壳。[⑥] 正如我们所看到的那样，原始史时期中国的陶器也同样深受蚌的象征意义的影响。

贝壳在印度丧葬仪式上扮演的角色与在中国同样重要。人们吹响蚌壳，从死者家到墓地的一路上，都会撒下贝壳。在某些省份，人们还会用珍珠塞满死者的嘴巴[⑦]。如婆罗洲就有这样

---

① 亨茨(C. Hentze)：《丧葬仪式上的小陶人》(*Les Figurines de la céramique funéraire*, Dresden, 1928, p.5)；参见亨茨：《中国的古玉》和《玉与太阳象征》，载《亚洲艺术》(«Les Jades archaïques en Chine», «Les Jades Pi et les symboles solaires», *Artibus Asiae*, III, 1928—1929, pp.96—110 ; pp.199—216 ; t. IV, pp.35—41)。

② 顾塞芬(S. Couvreur)(译)：《礼记》(*Li Ki*, trad. française, Ho Kien Fou, 2e éd., 1913, p. 252)；可对照顾塞分：《左传》(*Tso tchouan*, trad. française, t. I, p.259)。

③ 高本汉：《古代中国的多产符号》，p.41。

④ 同上。

⑤ 格鲁特：《中国的宗教体系》，p.277。

⑥ 安特生，同前文脚注(*op. cit.*, p.323)。在旧石器时代末期的一些坟墓中发现有小贝壳的存在；见辛格，同前文脚注(*op. cit.*, p.50)。

⑦ 安特生：《黄土地的儿女：史前中国研究》，p.299。

的习俗，似乎是因为印度教对土著的宗教仪式产生了影响。[①] 在非洲，人们也会在坟墓的底部铺一层贝壳。[②] 众多的土著美洲人也常常会这样做（见下文）。在史前的人类栖息地，特别是在坟墓中，人们曾发现有大量的贝壳、海蚌及其他贝类、天然珍珠和人造珍珠。旧石器时代的遗址劳日里岩洞，位于多尔多涅省韦泽尔河谷，考古学家们在里面发现了许多地中海地区特有的贝类品种，如四唇宝螺和大四眼宝螺。从遗骨上看，这些贝类都是对称的、成对放置的：前额上四个，每只手上一个，每只脚上两个，膝盖和脚踝各四个。卡维永的山洞里也有近八千个海贝，大部分被染成了红色，其中十分之一的海贝都被打过孔。[③] 此外，我们在克鲁马努人的遗址还发现了三百多个穿过孔的厚壳玉黍螺。[④] 其他地方曾发现有女人的遗骨上覆盖着满满的一层贝壳，旁边男人的遗骨上面佩戴着由穿过孔的贝壳做成的冠和饰品。库姆-卡佩尔的男人也同样佩戴用穿孔贝壳做成的项链。[⑤] 因此梅纳吉会这样追问："为什么在下劳日里（Laugerie-Basse）发现的遗骨会戴着一条由地中海贝类组成的项链，克鲁

① 孔茨、斯蒂文森：《珍珠之书》，p.310。
② 对照罗伯特·赫茨（Robert Hertze）：《宗教社会学与民俗学的杂糅》（*Mélanges de sociologie religieuse et de folklore*, Paris, 1928, p.10）。
③ 德谢莱特（Déchelette）：《塞尔特与加罗-罗马史前考古手册》（*Manuel d'archéologie préhistorique celtique et gallo-romaine*, 2e éd., Paris, 1924, t. I, p.208）。
④ 德谢莱特，同上书，p.208。
⑤ 对照奥斯本（Osborn）：《旧石器时代的人》（*Men of the old Stone age*, pp.304, 305）。

马努人的遗骨则佩戴海洋贝类作为饰品？为什么位于蓝色海岸的格里马尔迪，那里的矿床发现有大西洋海边才能捡到的贝类？那在比利时的蓬莱斯又如何能发现只有在兰斯附近地区才能捡到的第三纪时期的贝壳？”[①]也许第四纪的游牧生活可以解释这些现象；而这些现象也恰恰证明史前时期各民族的人已经十分看重贝壳的宗教法术意义。

人们在古埃及前王朝时期的墓穴中同样也发现了贝壳的踪迹。红海中的贝壳在过去很长一段时间里都被当作埃及人的护身符。[②] 在克里特岛的考古发现中也存在许多贝壳和其他贝类。人们同样在斐斯托斯一座女泥人像的旁边，发现了大量新石器时代的贝壳，这些贝壳的宗教意义不言自明。[③] 阿瑟·埃文斯爵士的发现也使我们更加清楚地了解贝壳神奇的功效及其文化意义。[④] 在他的发现中，我们注意到贝类的图形随处可见，而它们所起到的装饰效果远远不及其代表的象征意义。[⑤] 庞佩里(Pumpelly)也在自己的研究中提出同样的观点，而安特生认为庞

① 梅纳吉(Th. Mainage)：《史前历史的宗教》(*Les Religions de la préhistoire. I. L'Age paléolithique*, Paris, 1921, pp.96 97)。

② 瓦里斯·布吉爵士(Sir E. Wallis Budge)：《护身符与迷信》(*Amulets and Superstitions*, Oxford, 1930, p.73)。

③ 阿瑟·埃文斯爵士(Sir Arthur Evans)：《米诺斯的宫殿》(*The Palace of Minos*, vol. I, London, 1921, p.37)。

④ 参见《克诺索斯王宫》,I,p.517。

⑤ 同上书,p.519,图 377,378。

佩里在阿努的发现证实了非洲、欧洲和东亚文化圈之间的转变。[①] 安特生自己也在史前的人类栖息地发现了贝壳，以及刻有贝类图形的骨灰瓮，特征显著，甚至还有专门的名词，被称为“死亡图形”“货贝图形”，其象征意义清晰可见，即死亡-复活。[②] 日本流传已久的一项习俗也证明日本人持有相同的信仰：用贝壳磨成的粉末擦拭身体，人就能死而复生（辛格：《早期日本的贝壳与波薄女》，p.51）。

对南美洲和北美洲的土著居民来说，珍珠和贝壳在丧葬仪式上所起到的作用至关重要。关于这一点，杰克逊搜集的大量资料相当具有说服力。[③] 关于佛罗里达的印第安人，斯特里特（Streeter）是这样描述的：“和古埃及的托勒密王朝时代一样，在佛罗里达，国王的墓穴也用珍珠进行装饰。士兵们曾在其中一座很大的庙宇里发现木制的灵柩，里面躺着的尸体还散发着阵阵香气；在这些灵柩旁边放置着一小筐一小筐的珍珠。托罗美克寺（Tolomecco）是发现珍珠最多的地方：高耸的护墙和房顶都呈现出珍珠色，墙上到处挂着用珍珠和翎毛做成的串珠；在国王的灵柩上方，还放着镶有珍珠的盾牌，而庙宇的中心位置则摆放着装满稀有珍珠的花瓶。”[④]威洛比在描述弗吉尼亚印第安

---

① 安特生：《黄土地的儿女：史前中国研究》，p.298。

② 同上书，p.322。

③ 杰克逊：《珍珠与珍珠-贝壳用途的地理分布》，载《贝类作为早期文化迁徙的见证》，pp.72 *sq.*，可对照 pp，112 *sq.*。

④ 杰克逊：《贝类作为早期文化迁徙的见证》，pp.116—117。

人国王隆重的丧葬仪式时，也特别指出珍珠在这些丧葬仪式上的重要作用。[①] 热里亚·纳托尔(Zelia Nuttall)在墨西哥一座金字塔的顶部，发现了厚厚的一层贝壳，而隐藏在中间的其实就是墓穴。[②] 而这些仅仅只是美洲印第安人的例子。[③] 在其他地区，我们还发现珍珠和贝壳旁边会放置一些铁块[④]，这说明人们希望死者能接近所有神力之源，和克里特岛的习俗一样，这里铁块的作用和中国人赋予玉和金的意义是一样的。[⑤]

在老挝的马哈赛岩洞里，麦德琳·寇拉妮发现了不少斧头、水晶岩石和大量的玛瑙宝螺[⑥]，这同时也成功揭秘了斧头在丧葬中具有的特性以及所起到的神奇作用。[⑦] 墓穴中之所以会放这么多东西，无非是生者希望死者在阴间也能过上好生活。

---

① 威洛比(C. C. Wiloughby)：《17 世纪的维吉尼亚印第安人》，载《美国人类学家》(“The Virginia Indians in the seventeenth century”, *The American Anthropologist*, vol. IX, No 1, Jan. 1907, pp.61, 62)。

② 对照贝里(W. J. Perry)：《太阳之子》(*The Children of the Sun*, p.66)。生活在加利福尼亚湾边的印第安人依然保留着非常原始的文化，一旦有人死去会用乌龟的背壳覆盖尸体，参见同上，p.250。之所以用到乌龟，是因为它是一种水生动物，与水域和月亮都有着密切的联系。

③ 对照孔茨、斯蒂文森：《珍珠之书》，p.485。

④ 斯蒂芬斯(Stephens)：《尤卡坦旅游事件》(*Incidents of travel in Yucatan*, t. II, p.344)，引自安得瑞(Andree)，《论原始时期的金属》(*Die Metalle bei den Natur völkers*, Leipzig, 1884, p.136)。

⑤ 参见笔者：《冶金术、巫术及炼丹术》(«Metallurgy, Magic and Alchemy», *Zalmoxis*, I, p.94)。

⑥ 麦德琳·寇拉妮(Madeleine Colani)：《斧头与首饰》(«Haches et Bijoux. République de l'Equateur, Insulinde, Eurasie», *B. E. F. E. O.*, XXXV, 1935, fasc. 2, pp. 313—362)。

⑦ 可对照汉娜·赫德(Hanna Rydh)：《丧葬陶器的象征意义》，载《远东文物博物馆志》(“On Symbolism in mortury ceramics”, *Bull. Of the Museum of Far Eastern Antiquities*, No 1, Stockolm, 1929, pp.71—121)。

大批的史前人类栖息地遗址，尽管相隔天南地北，但都被发现有大量的牡蛎、贝壳和海蚌的存在。比如说，在高加索南部著名的库班大墓地发现的大量的货贝（公元前14世纪）；在基辅附近的斯基泰人墓地里发现的属于西乌拉尔河流域的阿纳尼诺（Ananino）文化的贝类。类似的贝类在波斯尼亚、法国、英国、德国以及波罗的海各地都曾被发现，这些地区也是古人寻找琥珀所到之地。[①]

珍珠在不同的丧葬仪式中起到的重要作用，从人造珍珠的使用这一点就可见一斑。尼乌文赫伊斯曾研究过，婆罗洲的岛民们大量使用由石头或者陶瓷制成的珍珠。何时最早使用人造珍珠，我们还不确定；不过离我们时间最近的在丧葬仪式上使用人造珍珠的国家是新加坡，不过这些人造珍珠大多产自欧洲，如波希米亚地区的伽布伦茨、伯明翰、穆拉诺。[②] 麦德琳·寇拉妮是这样解释珍珠在老挝隆重的农耕节气、祭司或者丧葬仪式上所扮演的角色的："死者戴着珍珠就能在天国享乐，所以人们把珍珠塞进死者的九窍中。现如今，在死者入土的时候，人们都会在墓穴里放一些饰有珍珠的腰带、帽子或者衣服。尸体腐烂以

---

① 安特生：《黄土地的儿女：史前中国研究》，pp.299 *sq.*；杰克逊：《珍珠与珍珠-贝壳用途的地理分布》。

② 尼乌文赫伊斯（Nieuwenhuis）：《人造珍珠及其文化意义》，载《人种学资料》（"Kunstperlen und ihre Kulturelle Bedeutung", *Internat. Archiv f. Ethnographie*, Bd. 16, pp.135—153）。

后,珍珠也会脱落……”[①]这位女考古学家还发现,在镇宁高原的史前巨石建筑边上,埋藏着大量用玻璃做成的小珍珠,有时甚至达到成百上千颗:“从各种可能性看,这些古老的珍珠在瓦罐民族的生活中扮演着重要角色。我们从地底下挖掘出来的这些珍珠都是陪葬品。它们比尼乌文赫伊斯先生描绘的那些要简单得多。难道这些珍珠只有作为陪葬品一种功能吗?我们不得而知。”[②]人们在老挝上寮地区除了发现这些古老的珍珠外,还发现了一些铜铃。金属与珍珠(贝壳之类)的组合非常常见;沿太平洋地区一直保留着将它们组合在一起的传统。麦德琳·寇拉妮特别指出,“至今,在婆罗洲,达雅克族的女人们依然佩戴着饰有多个铃铛的项链”。[③]

使用人造珍珠,其实有力地说明珍珠原本的玄学意义在削减,并且不再单纯地只具有法力价值。珍珠被认为具有神奇的力量是因为它们源自大海,而且被赋予了妇科医学的象征意义。显然,我们不太可能说所有将珍珠和贝壳使用在法术和丧葬仪式上的民族都意识到了它们的象征意义;即使假设有人清楚其中的象征意义,那么也仅限于整个社会中的几个人而已:对其象征意义的了解往往是不完整的。他们或借用了与本民族接触

---

① 麦德琳·寇拉妮:《比较人种学研究》(«Essai d'ethnographie comparée», *B. E. F. E. O.*, vol. XXXVI, 1936, pp.198 *sq.*)。

② 同上书,p.199。

③ 同上书,p.199,图 24。

较多的先进文化中有关珍珠法力的认识,或是他们自己的认知随着时间的流逝和其他异族文化因素的介入,而受到挑战——总之,事实是,一些民族假借与“神圣模型”相似的名义,允许在宗教仪式上使用人造物品。这样的例子不在少数。美索不达米亚地区的青金石的宇宙意义众所周知。青金石的蓝色代表万里晴空,因此青金石也具有神圣的力量。① 相似的理念在被哥伦布发现之前的美洲也存在过。我们在赤道地区某个岛上的古代墓穴里发现了二十八块被凿成圆柱形的青金石,色彩纯正,质地光滑。不过之后这些青金石也被证实并非为原著岛民所有;据可靠资料显示,这些青金石很有可能是从大陆来到岛上的游客为完成某些仪式或者宗教典礼而留下的。②

有必要指出的是,在西非,人造蓝宝石常常被赋予一种特殊的价值。在这方面,维纳作了极为丰富的资料搜集。③ 这些宝石在宗教上的价值和象征意义一定可以用“体现神力”这一点来加以解释,特别是因为宝石的颜色与天空的颜色一致。但是

① 恩斯特·达玛斯达尔德(Ernst Darmastaedter):《巴比伦-亚述拉达尔石》(“Der babylonisch-assyriche lasurstein”, *Studien für Geschichte der Chemie*, *Festgabe Ed. Von Lippmann*, Berlin, 1927, pp.51 *sq.*);参见笔者:《宇宙学与巴比伦炼金术》(*Cosmologie si alchimie babiloniana*, pp.51 *sq.*)。

② 乔治·孔茨(George F. Kunz):《首饰的魔法与魔力》(*The Magic of Jewels and Charms*, Philadelphia-London, 1915, p.308)。

③ 列奥·维纳:《非洲与美洲的发现》(*Africa and the discovery of America*, Philadelphia, 1920—1922, vol. II, pp.237—248);对照笔者:《宇宙学与巴比伦炼金术》,pp.56 *sq.*。

这一观点常常被忽视，或者被误读，或者因为本民族的某些因素而“黯然失色”，这些民族曾无数次地采用另一种先进文化的崇拜物或象征符号，但使用的只是符号而已，而非其真正的意义，而且在大多数情况下，他们并不明白其中的真谛。我们因此可以推论，著名的人造彩色宝石从埃及、美索不达米亚、东罗马进入远东，它曾被赋予了巫术的意义，这种意义一定源自其天然宝石的样式或者人造彩色宝石所包含的几何符号。①

贝类的神性功能在它们的**形象**或者装饰图案上都能得以体现，其中最重要的要素便是螺旋。人们在甘肃曾发现大量刻有“货贝图形”②的骨灰瓮。安特生则将在盘山骨灰瓮上到处可见的图形理解为有趣的四螺旋型花纹。③ 值得多说一句的是，这一图形几乎只用在骨灰瓮上，生活中的其他陶瓷器皿上几乎不会出现。④ 由此可见“货贝图形”（“死亡图形”）在玄学和宗教上的价值。这个中国陶瓷器皿上特有的装饰图形被广泛地运用于祭拜死者的场合。贝类的形象或者与贝类图形相关的几何符

① 塞利格曼和贝克：《远东镜像：某些西方起源》，载《远东文物博物馆志》（“Far eastern glass: some western origins”, *Bulletin of the Musseum of Far Eastern Antiquities*, No 10, Stockholm, 1938, pp.1—64）。

② 安特生：《黄土地的儿女：史前中国研究》，p.323；《论中国史前彩绘陶器的象征意义》，载《远东文物博物馆志》（“On symbolism in the prehistoric painted ceramics of China”, *Bulletin of the Musseum of Far Eastern Antiquities*, vol. I, 1929, pp.66 *sq.*）。

③ 安特生，同上书，p.324。

④ 安特生：《论中国史前彩绘陶器的象征意义》；汉娜·赫德（Hanna Rydh）：《丧葬陶器的象征意义》（*Symbolism in mortuary ceramics*, pp.81 *sq.*）；对照卡尔·亨茨：《神话与月亮的象征符号》（*Mythes et symboles lunaires*, Anvers, 1932, pp.118 *sq.*）。

号能让死者与宇宙中控制繁衍、诞生、生命的力量相通。这是因为贝类的**象征**有着宗教意义：贝类这一**形象**本身能在祭拜死者的场合发挥作用，可以借助于贝类的实物，也可以借助于装饰性的螺旋图案或者“货贝图形”，总之都一样有效。这也解释了为何人们在中国史前人类栖息地的遗址曾发现有那么多的贝壳和饰有“货贝图形”①的骨灰瓮。

当然，这一与丧葬有关的装饰图形并不为中国所独有，其他民族也认识到了它在法术上的作用。汉娜·赫德曾指出，中国史前陶瓷制品上的“死亡图形”与斯堪的纳维亚史前巨石建筑文化中刻在罐子上的图案十分相似。② 安特生也同样注意到甘肃发现的骨灰瓮与南俄罗斯的特里波利处的彩陶很类似。关于两者之间的相似性，博伽吉夫斯基（Bogajevsky）教授也有过研究。螺旋的图形在欧洲、美洲和亚洲的多处也被发现。③ 然而，我们需要补充的是，螺旋的象征意义相当复杂，其象征“之源”至今尚未有定论。④ 但目前为止，我们至少可以肯定，螺旋具有

---

① 安特生：《黄土地的儿女：史前中国研究》，pp.323 *sq.*。

② 汉娜·赫德：《丧葬陶器的象征意义》，pp.72 *sq.*。

③ 麦德琳·寇拉妮：《斧头与首饰》，pp.351 *sq.*。

④ 对照安特生和亨茨的著作。也可参见锡雷（L. Siret）：《螺旋装饰的起源与意义》（*origine et signification du décor spiralé*, XVe Congrès Intern. d'Anthropologie, Portugal, 1930, pp.465—482: explication rationaliste）；关于印度意识形态和艺术中海贝的象征意义，可对照库玛拉斯瓦米：《佛教绘画的元素》（*Elements of buddhist Iconography*, Cambridge, 1935, pp.77—78）；《研究吠陀经的新方法》（*A new approach to the Vedas*, London, 1933, p.91, n.67）。

多重象征意义,与月亮、闪电、水、多产、生命以及九泉之下的灵魂都有关联。贝类也不仅仅只用来祭拜死者,正如我们之前已经提到过的,它可以用在个人和集体生活的一些重要场合:如诞生、入教、结婚、死亡等仪式以及农耕节气或者宗教典礼等等。

珍珠在法术和医学中的作用

人们使用珍珠的历史再次证明其原本的玄学意义在不断地被削弱。曾经被当作宇宙的重要象征,集聚了所有行善神力的东西,随着时间的流逝,也渐渐沦为一种装饰品,如今人们只看重其美的一面和经济上的价值。但是,从珍珠作为绝对现实的象征,到如今的珍珠作为一种"等价物",这一转变的过程其实经历了好几个阶段。比如在医学上,在东方和西方,珍珠都曾发挥过重要的作用。塔克(Takkur)详细分析了珍珠的药用价值,指出珍珠可以用来止血、治疗黄疸、治愈癫狂和精神错乱。[①] 这位印度作者还回顾了悠长的医学史:许多著名的医生,如外科鼻祖妙闻、内科鼻祖阇罗迦,很久以前就很推崇使用珍珠。[②] 克什米尔的那茹阿·哈瑞医生(1240 年左右)在他的著作中也曾写道,珍珠有助于治愈

① 孔茨、斯蒂文森,同前文脚注(*op. cit.*, p.209);杰克逊:《贝类作为早期文化迁徙的见证》,p.92。
② 孔茨,同前文脚注(*op. cit.*, p.308)。

眼部疼痛，是一种很有效的解毒药品，也能用来治疗肺结核，总之是一种能强身健体的好东西。[①]《故事海》(*Kathâsaritsâgara*)中写道，珍珠就和炼金术探求的灵丹妙药一样，“能解毒、驱魔，让人长生不老”。《戒日王传》(*Harshacarîta*)中也提到珍珠源自月亮神的眼泪，因此珍珠可以解世间一切的毒，因为“月亮能源源不断地提供吃了能让人长生不老的食物”。[②] 在中国，医学上只使用“天然纯珍珠”，也就是未经雕琢的珍珠，据说这样能治愈所有的眼部疾病。阿拉伯的医学界也认为珍珠具有同样的效用。[③]

从8世纪开始，珍珠的药用价值也传播到欧洲，此后对这一珍宝的需求量便一直居高不下。[④] 大阿尔伯图斯很推崇使用珍珠。[⑤] 盖革(Malachias Geiger)特别探讨了珍珠的药用价值(*Margaritologia*，1637)，并肯定其在治疗癫痫、精神错乱和抑郁症方面的显著疗效。[⑥] 另一位作者则强调了珍珠在保护心脏和治疗忧郁上的神奇作用。[⑦] 弗朗西斯·培根将珍珠划入延年益

---

① 加尔博(R. Garbe)：《论印度的矿物》(*Die Indische Mineralien*, Leipzig, 1882, p.74)。
② 科威尔、托马斯(译)：《戒日王传》(*Harshacarîta*, trad. Cowell et Thomas, pp.251 *sq.*)。
③ 勒克莱尔(Leclerc)：《草药论著》(*Traité des simples*, vol. III, p.248)；尤里乌斯·鲁斯卡：《亚里士多德的石书》(*Das Steinbuch des Aristoteles*, Heidelberg, 1912, p.133)；印度与阿拉伯的民间宗教，如“珍珠粉作为眼疾的良药”等等；可对照彭泽(Penzer)：《大洋故事》(*Ocean of Story*, 1924, vol. I, pp.212, 213)。
④ 孔茨、斯蒂文森：《珍珠之书》，p.18。
⑤ 同上书，p.311。
⑥ 同上书，p.312。
⑦ 同上。

寿的保健品之列。[①]

毫无疑问，珍珠之所以在不同国家和地区被广泛运用于医学领域，首先是因为它在宗教和法术上起到过重要作用。作为曾经水之力和繁殖力的象征，珍珠在之后的某个时期成了普遍使用的补药、春药，同时也是治疗精神病和抑郁症的灵丹妙药，这两种疾病都受到阴力的影响[②]，因此对与女人、水、性有关的一切行为都非常敏感。而珍珠能治愈眼部疾病，能成为解毒药，则源自神话中与蛇的关系。在不少地区，人们都崇拜落在蛇头上，或是被龙含在喉咙里的宝石。[③] 在中国，人们总会在龙头上镶一颗珍珠或者其他的宝石[④]，不少艺术品中也描绘了龙嘴里含着珍珠的画面。[⑤] 这一图案具有颇为久远又极为复杂的象征意义。[⑥]

值得我们注意的是，弗朗西斯·培根曾赋予珍珠以**延年益**

---

① 孔茨、斯蒂文森：《珍珠之书》，p.313。

② 山狄夫（P. Saintyves）：《民间占星术》（*L'Astrologie populaire*, pp.181 *sq.*）。

③ 对照笔者：《宗教历史论著》，pp.377，389（及参考文献）。主要参见哈利德（W. R. Halliday）的研究中关于蛇形石头的论述，载《民俗学研究》（*Folklore Studies*, London, 1924, pp.132—155）；参见杰弗瑞（M. O. W. Jeffreys）：《蛇形石头》，载《非洲王室日志》（"Snake Stones", *Journal of the Royal African Society*, LXI, 1942, No 165.）。

④ 对照格鲁特：《中国民间宗教研究》，第2卷，pp.369，385；吉泽勒（Gieseler）：《中国的龙神话》，载《考古学杂志》（«Le Mythe du dragon en Chine», *Revue Archéologique*, 5ᵉ série, t. VI, 1917, pp.104—170, *passim.*）。

⑤ 对照约瑟夫·泽甘（Josef Zykan）：《龙与珍珠》，载《亚洲艺术》（"Drache und perle", *Artibus Asiae*, VI, 1—2, 1936, p.9, fig. 1, etc.）。

⑥ 对照阿尔弗雷德·扎尔莫尼（Alfred Salmony）：《古代中国艺术中的魔球与金果》，载《艺术与思想——向后期的库玛拉斯瓦米致敬的一本书》（"The magic ball and the golden fruit in ancient Chinese art", *Art and Thought, A volume in honor of the late Dr Ananda K. Coomaraswamy*, London, 1947, pp.105—109）；参见笔者：《宗教历史论著》，p.230。

寿的功能。这也是珍珠最重要的功能之一。用珍珠装饰人的尸体，就像之前提到用贝壳装饰一样，都是希望死者死后能接近宇宙中能量、生命力、繁殖力的源头。若人类在新宇宙中找不到这样的源头，或者因为某些原因，它的记忆变得私密时，那么曾经神性的东西的价值不会消失，只不过体现在了其他方面而已。

在巫术和医学的交界地带，珍珠扮演了模棱两可的避邪物的角色[①]；曾经为人们带来旺盛的繁殖力和护佑死者身后享福的东西却逐渐被当作为人带来成功和财富的保证。在印度，这样的想法持续了很长时间。“珍珠经常被渴望成功的人佩戴在身上，作为护身符。”布陀拜挞（Buddhabatta）如是说。[②] 而珍珠继在巫术、性和丧葬等方面发挥作用之后，又进入医学药学的视野，某些地区的珍珠具有药用价值便能证明这一点。在中国，医生非常熟悉珍珠的功效，巫师也极为看重这种功效。[③] 美洲一些部落的情况也完全一样。[④]

除了在巫术和医学上的价值之外，贝壳和海蚌也常常被用作货币。杰克逊和其他几位研究者提供的相关资料已经足以证

① 塞利格曼：《邪恶的眼睛》，第2卷，pp.126，209。

② 珍珠能抑制流行病的蔓延，也可以鼓励佩戴珍珠的人；参见加斯特，载《研究与经典》（“Secretum Secretorum”, the hebrew version, *Studies and Texts*, vol. II, London, 1925—1928, p.812）。

③ 路易斯·菲诺（Louis Finot）：《印度宝石商》（*Les Lapidaires indiens*, p.16）；孔茨：《珍珠之书》，p.316。

④ 高本汉：《古代中国的多产符号》，p.36。

明这一点。[①] 高本汉在描述中国人将贝壳用作货币的同时，也指出将钱币贴在前额上的习俗只不过是对过去模糊记忆的一种再现罢了，因为过去人们常常把贝壳当作护身符戴在身上。[②] 海蚌和珍珠在宗教上的象征意义日渐世俗化。尽管与过去相比，它们的价值已经体现在许多不同的方面，但其作为珍宝的特性并没有受到丝毫影响。我们依然相信，海蚌和珍珠身上集聚着**巨大力量**[③]，它们是坚固又强有力的；而且，它们始终与"实在"、生命力和繁殖力密不可分。

珍珠的神话

尽管珍珠有了更多"实用性"的价值，但是因为有神话原型的存在，它在玄学上的功能没有发生任何改变：珍珠的经济价值并未削弱其宗教上的象征意义；人们依然不断地发现、重提甚至丰富着它的象征意义。若我们回想一下，珍珠在伊朗的思辨哲学，在基督教和宗教玄秘中发挥的重要作用便能证明这一点。

---

① 杰克逊：《美洲印第安人将钱币-贝壳作为圣物》，p.3。

② 对照《钱币-贝壳在现今、护身符和咒文中的运用》，载《曼彻斯特回忆录》("The Use of Cowey-shells for the purposes of currency, Amulets and Charms", *Manchester Memoirs*, 1916, No 13)；《贝类作为早期文化迁徙的见证》，pp.123—194；列奥·维纳：《非洲与美洲的发现》，p.203。

③ 高本汉：《古代中国的多产符号》，p.34。

东方传统将珍珠的产生看作是闪电击中蚌壳的结果①：珍珠应该是水火交融之后的产物。圣厄弗冷便是用到了这一古老的神话来描绘圣母无玷始胎和圣灵的火的洗礼的。②

此外,斯蒂格·维坎德(Stig Wikander)指出,珍珠在伊朗的宗教中是象征救世主的典型符号。③ 将珍珠看作是救世主的化身,这其中包含着双重的象征意义：珍珠既能代表耶稣基督又能代表人的灵魂。俄利根(Origène) 重提了耶稣基督与珍珠之间的一致性,此后有许多研究者都认同他的观点。④ 一篇署名为马卡伊雷(Macaire)的文章也指出,珍珠既象征着圣主耶稣,也象征着圣主的后人,即基督徒:“珍珠,稀有、高贵、庄严,只为天主所有,也只能为天主所用。只有天主才配佩戴这样的宝石。其他任何一个人都无权佩戴。因此,不是诞生于圣主的灵魂,没有天主的血统,不是上帝的孩子——正如书中所写:‘(珍珠)它能使每一个得到它的人成为上帝的孩子’(《约翰福音》,I,12)——

---

① 对照保利-维索瓦:《珍珠》,col.1692。

② 尤瑟纳(H. Usener):《论珍珠：从一张图片的故事开始》,载《冯·魏茨泽克的神学论文》(“Die Perle, Aus der Geschichte cines Bildes”, *Theologische Abhandlungen C. von Weizsäcker... gewidmet*, Freiburg i. Breisgau, 1892, pp. 201—213);卡尔-马丁·艾德斯曼(Carl-Martin Edsman):《火的洗礼》(*Le Baptême de feu*, Leipzig-Uppsala, 1940, pp.190 *sq.*)。

③ 参见艾德斯曼一书的书评,载《瑞典神学季刊》(*Svensk Tcologisk Kuartalskrift*, vol. 17, 1945, pp. 228—233);参见吉奥·温德格林(Geo Widengren):《摩尼教中的美索不达米亚元素》(*Mesopotamian elements in manicheism*, Uppsala, 1946, p.119);吉奥·温德格林:《论伊朗的灵知》,载《宗教与思想史杂志》(Der iranische hintergrund der Gnosis, *Zeitschrift für Religions- und Geistesgeschichte*, IV, 1952, pp.97—114)。

④ 艾德斯曼:《火的洗礼》,p.192。

便不能佩戴神赐予的宝贵的珍珠，因为珍珠象征着天主散发的不可名状之光。没有佩戴珍珠之人便不能成为天主之子。拥有和佩戴珍珠的人才能和耶稣基督一样，享有永生，操控一切。”①。

著名的诺斯替教派经典《托马斯的行为》中写道，找寻珍珠的过程象征着人堕落和救赎的心灵历程：东方的一位王子来到埃及，寻找一颗被巨蛇看管的珍珠。王子必须跨越重重障碍才能得到这颗珍珠，而他唯有借助父亲的力量才能成功，他父亲是众王之王，也就是诺斯替教派中的天主。② 这一段文字的象征意义十分复杂：珍珠既代表降落到黑暗世界的人的灵魂，也代表“被拯救的救世主”自己。将人与珍珠视为同一，这样的信仰在许多摩尼教和曼达安教的经典中也多有提及。生灵“抓住第一个人，让他远离战争，犹如从大海中捡得一颗珍珠”。③ 圣厄弗冷将神秘的洗礼比作一颗一生仅获得一次的珍珠：“潜水员也是从大海中捡得了珍珠。潜入水中吧（接受洗礼吧），从水中捡起隐藏其中的那份纯洁吧，捡起那颗散发着神性光芒的珍珠吧。”④

---

① 《讲道》，第23卷，1；引自艾德斯曼的翻译，参见pp.192—193。

② 赫根费德（A. Hilgenfeld）：《国王的儿子与珍珠》，载《科学神学杂志》（“Der Königssohn und die Perle”, *Zeitschrift für wissenschaftliche Theologie*, vol. 47, 1904, pp.219—249）；李特根斯坦（R. Reitzenstein）：《伊朗的救赎之谜》（*Das iranische Erlösungsmysterium*, Bonn, 1921, pp.72 *sq.*）；艾德斯曼，同前文注释，p.193，注释4；温德格林，《论伊朗的灵知》（*Der iranische Hintergrund der Gnosis*, pp.105 *sq.*）。

③ 《克弗来亚》，*Kephalaia*，p.85，引自艾德斯曼，p.195。

④ 引自艾德斯曼：《火的洗礼》，p.197。

圣厄弗冷在谈到苦行者和僧侣的时候，还将苦行比喻成“第二次洗礼”：找寻珍珠的人必须赤身裸体地潜入海底，在海怪丛生的地方杀出一条血路，和他们一样，苦行者也是赤身裸体地行走在“此世的芸芸众生”之间（艾德斯曼，p.198）。除了赤身裸体的象征意义之外，这段文字中还反映了另一层隐喻，那就是在洗礼仪式上窥视着初学教理者的海怪们。[①] 真知总是“藏而不露的”，总是很难企及的；救赎之路，障碍重重。珍珠象征着这所有的一切，当然还有别的；它出现在这个现实的世界是多么的神奇，而它出现在堕落的众生之中又是怎样的一种悖论。珍珠意味着超越的奥秘能够被感知，意味着上帝能够在宇宙中显现。得益于诺斯替教派和基督教的教义，这个曾经象征实在和永生不死的符号才有了新的意义：不朽的灵魂、“被拯救的救世主”、耶稣-天主。我们再次强调，珍珠的多种意义，从最古老、最简单的，到诺斯替教派和东正教提出的最复杂的象征意义，始终具有一种**连续性**。

① 参见下一章的论述，p.203。

第五章　象征与历史

洗礼、大洪水与水的象征

在前一章中，我们介绍了象征水的几组相关联的符号，但其实水的象征远比我们介绍的更加包罗万象，更加深奥复杂。我们之前的一份研究便试图抽取出水的象征的基本结构，有兴趣的读者不妨一读[1]；其中，我们列举了有关水的显圣物的基本要素，同时也对水的显圣物的象征意义作了分析。这里，我们仅介绍水的象征的几个最重要的特征。

水代表着世界万物潜能的总和；它是一切的根源，汇聚着存在的所有可能性；它先于任何形式而存在，又孕育了天地万物。代表天地万物的典型形象是突然"显现"在大海中的岛。因此，浸没在水中象征的是先形式的退化，重新成为无差别的先存在

① 参见《宗教历史论著》，p.168。

模式。浮出水面则体现了“形式显现”这一宇宙起源的重复性行为;浸没在水中等同于形式的消解。这也解释了水为何既象征死亡又象征复生。无论是浸没在水中还是浮出水面,它们都包含着一种再生的意义:一方面,消解之后总会有“新生”;另一方面,浸没在水中则增加并丰富了生命的潜能。与宇宙起源于水这一论断相对应的——从人类学的层面上看——是人的种系,是相信人类的起源来自水。而从人的角度上说,与大洪水或大陆被周期性地淹没(如亚特兰蒂斯之类的神话)这样的现象相对应的是灵魂的“第二次死亡”(“潮湿”等等),或者是通过圣洗完成的入教之死。不过,无论是从宇宙起源论还是从人类学的观点来看,浸没在水中并不意味着永久性的消亡,而象征着暂时地进入不确定中,至于之后出现的是新的宇宙万物,新的生命还是一个全新的人,则取决于处在怎样的维度中,是宇宙学的,生物学的还是救赎论的。从构造上来说,“洪水”类似于“洗礼”,泼洒祭酒则类似于为新生儿洒圣水或者春季用来祈祷健康和多子多孙的宗教沐浴节。

在我们之前提及的一些宗教思想中,水也始终占据着自己的一席之地:它消解形式,“洗涤原罪”,同时起到净化和再生的作用。水注定要先于天地万物存在,又将天地万物消灭,它无法摆脱自身的存在模式,那便是显现**在形式中**。水无法超越潜在的、萌芽的、可能的状况。所有**有形**的东西显现在水面上,又不断地在水中消失。而一旦这“有形”的东西在水中消失，一旦失去了潜在性的特点，那么它便落入了时间规律和生命法则的罗网中；它便有了自己的局限性，会随着天地万物变化而变化，经受历史的摧残，腐烂退化，直至耗尽所有养分，除非它能时不时地浮出水面，获得新生，或者重新引发“大洪水”，导向“宇宙起源”的必然结果。洒圣水和宗教上用水获得净化，其目的都是将创世发生的那个永恒时刻暂时地现实化；而世界万物或“全新的人”的诞生这一象征意义反复地在这些行为中得以展现。

这里有一点非常关键：水的神圣化以及与水相关的宇宙论和末世论结构**只有借助水的象征意义才能完整地表现出来**，因为水的象征是唯一能涵盖所有显圣物特殊意义的“体系”。[①] 而且这条原则适用于任何象征：赋予（和修正！）显圣物不同意义的是**一整套**象征。比如，“死亡之水”，我们唯有在了解整个与水有关的象征结构的前提下，才能理解其深刻的意义。象征的这一特性对某个象征符号的“经历”或“历史”也同样重要。

我们在指出关于水的象征最重要的几个特征的同时，还需明确一点：那就是宗教上水的新的价值是由基督教建立的。原始教会的神父也不忘挖掘出一些先于基督教的，具有普世性的

① 参见《宗教历史论著》，p.383。

水的象征性功能，甚至不惜用闻所未闻的说法，特别是关于耶稣基督的故事去丰富它。我们曾在另一份研究中①借用了两篇研究教会圣师著作的文章作为依据，一篇是关于水的救赎功能，另一篇是关于死亡-重生洗礼的象征意义。早期基督宗教著名的神学家和哲学家特土良(Tertullien)认为②，水是第一个“圣灵的栖息之所，相比其他元素，圣灵最喜欢的是水……他最先授予水创造生灵的圣责……是水最先创造了有生命之物，因此，即使有一天水在洗礼中孕育了一条新的生命，我们也不必感到惊讶。上帝在造人的时候，也用到了水来完成他的使命……因此，只要乞求上帝，任何天然水都能在圣事中得以圣化，其实从一开始水便被赐予了这样的特权。圣灵从天而降，停在水面上，用自己的繁殖力为水圣化，而被圣化的水自身也获得了圣化的能力……曾经用来治愈肉体的水如今可以治愈灵魂；曾经带来短暂健康的水如今带来了永恒的救赎……”

“老去的人”浸没在水中后死去，而后诞生了一个新的生命，死而复生。君士坦丁堡牧首约翰一世(Jean Chrysostome)曾颇为自豪地揭示出这一象征意义，他在谈到洗礼象征的多重功能时，写道：“它代表死亡和埋葬、生命和复活……当我们的头埋在水中，如同埋在坟墓里一样，老去的人便完全地被浸没、被

---

① 参见《宗教历史论著》，p.175。
② 《论洗礼》，第3—5卷。

埋葬；当我们从水中出来，全新的人便应运而生。”

诚如我们看到的，特土良和约翰一世对水的象征结构作出的阐释，达到了高度一致。不过，在基督教赋予水的这一意义中，还出现了几个与“历史”相关的新要素，这里的历史指的是圣史。伦德伯格、让·达尼尔鲁、路易斯·拜尔内特最新的著作中以大量的事例指出，洗礼的象征意义充斥着有关《圣经》的隐喻。[①] 首先，他们将洗礼看作是降落到深渊中，与海怪决斗。这一降临是有原型的：基督耶稣降落到约旦河中，约旦河也是一条死亡之河。“耶路撒冷的西里尔（Cyrille）告诉我们降落到洗礼水盘和降落到栖居着龙的死海中是一样的，这与耶稣受洗时降临到约旦河中，摧毁了河中龙的威力的形象如出一辙。西里尔写道：‘巨龙贝希摩斯待在水中，大口大口地喝着约旦河水，而耶稣降落到河中的时候，必须先要屠龙头，所以耶稣首先捆住了巨龙，然后他有了在蝎子和蛇身上行走的能力。等等。’[②]西里尔同时提醒初学教理的人：‘巨龙总在路边窥伺着每一个经

① 伦德伯格（P. Lundberg）：《原始教会的洗礼类型》（*La Typologie baptismale dans l'ancienne Église*, Uppsala-Leipzig, 1942）；让·达尼尔鲁（Jean Daniélou）：《圣餐：圣经类型的起源研究》（*Sacramentum futuri. Études sur les origines de la typologie biblique*, Paris, 1950, pp. 13—20, 55—85 et *passim.*）；《圣经与礼拜》（*Bible et Liturgie*, Paris, 1951, pp.29—173）；路易斯·拜尔内特（Louis Beirnaert）：《基督教圣事主义的神话学维度》（«La Dimension mythique dans le sacramenttalisme chétien», *Eranos-Jahrbuch*, 1949, Bd XVII, Zürich, 1950, pp.255—286）。伦德伯格和达尼尔鲁的著作中还列出了大量有价值的参考书目。

② 让·达尼尔鲁：《圣经与礼拜》，pp.58—59；也可参见《圣餐：圣经类型的起源研究》，pp.58，148。

过的人，小心他会咬你！你要去见众神之父，但必须从这条龙的身边经过。'"[1]在之后的章节中，我们很快会提到，降临以及与海怪决斗也成为其他宗教入教的必要考验。

其次，他们将洗礼视作大洪水的**预表范型**。耶稣，全新的诺亚，他打败了龙，从水中出来，成为其他种族之首。[2] 大洪水既象征着降落到大海深处，又象征着洗礼。伊雷内（Irénée）认为，大洪水代表着被耶稣救赎的形象，也代表着审判罪人的形象[3]。"因此，大洪水便是一幅洗礼完成的画面……同样的，诺亚对抗死海，又从死海中浮现，人类的原罪在死海中被涤荡干净，同样的还有新受洗的人降落到洗礼水盘中，与海里的龙决斗，赢得这场至高无上的斗争后，从水中出来……"[4]

不过，每当涉及受洗的仪式，耶稣常被拿来与亚当作比较。亚当-耶稣之间的比较在圣保罗的神学研究中占有相当重要的地位。"特土良肯定，经过洗礼，人重新获得与上帝的相似性"。[5] 在圣西里尔看来，"洗礼并不仅仅是洗清原罪，感恩入教，而且也是耶稣受难的反式"。[6] 洗礼时的赤身裸体也同时具有宗教仪式和玄学上的双重意义：这既是一种抛弃，"受洗之人随着基督耶稣，脱去了带来

① 参见路易斯·拜尔内特：《基督教圣事主义的神话学维度》，p.272。
② 贾斯丁，参见达尼尔鲁：《圣经与礼拜》，p.74。
③ 同上书，p.72。
④ 同上书，p.65。
⑤ 《论洗礼》，V。
⑥ 引自达尼尔鲁：《圣经与礼拜》，p.61。

原罪和堕落的旧衣，这件旧衣就是亚当犯下原罪之后又穿上的那件”①，同时也是变得和最初一样纯洁，回到亚当堕落之前的状态。西里尔写道：“太值得赞赏了！你在众人的注视之下赤身裸体，却没有感到丝毫的羞愧。其实这是因为你的身上已经有了亚当的影子，亚当在伊甸园也赤身裸体，没有羞愧。”②

洗礼的象征意义当然不仅仅局限于与《圣经》相关的丰富的隐喻，特别是其中对伊甸园依稀的记忆，不过上述提及的几篇文章已经足以印证我们的观点。而且我们的初衷也不完全是研究洗礼的象征意义，而是研究基督教给洗礼的象征意义带来的变化。原始教会的神父起初只是把象征意义当作是一种类型学：他们关心的是，寻找《旧约》与《新约》之间一致的地方。③当代的一些研究者也倾向于遵循这样的传统：他们坚持只从

---

① 让·达尼尔鲁：《圣经与礼拜》，p.55。

② 同上书，p.56

③ 让我们回顾一下类型学的含义和理论基础。“类型学首先是出现在《旧约》中。先知们在以色列人民被俘的时候告诉他们，上帝今后会为他们完成跟从前类似的作品，而且是更伟大的作品。因此，另一场大洪水将会到来，摧毁原罪的世界，并会保留一部分，用来创造全新的人类；他们将会又一次地出走埃及，上帝将用自己的力量释放所有被崇拜俘虏的人类；将会出现一个新的伊甸园，上帝将会把被他解放的人类引到这里来。这就是第一种类型说，也被称作是末世论，因为这些将要发生的事件在先知们看来都是世界末日发生的事情。而《新约》中则并没有出现类型学。《新约》只是说类型学在拿撒勒的耶稣身上就已经完成了。其实，有了耶稣，末日的事件，时间圆满的事件，都完成了。新亚当的出现也会伴随未来新的伊甸园的出现。他已经经历过大洪水所象征的原罪世界的消亡。他也经历过真正的出走埃及，释放了被恶魔奴役的上帝的子民。使徒布道时都用到类型学，以此证明自己所传播的教理是真实可信的，也说明基督在不断地超越《旧约》：‘这些事件都是以图形呈现的，写下来是为了教化我们。’”（I *Cor*, X, 11）这就是圣保罗所谓的“安慰性圣经”（consolatio Scripturarum）（让·达尼尔鲁：《圣经与礼拜》，pp.9—10）。

《旧约》中去寻找基督教的象征意义，而不是将它置于“普遍的”象征意义——也就是说被世界上其他非基督教的宗教所普遍证明的象征意义——中去考察。在这些研究者看来，在基督教的象征意义中大放异彩的并不是象征符号表现出来的普遍的、即时的意义，而是《圣经》赋予符号的意义。

这一态度很容易得到解释。在近二十五年里，关于《圣经》和类型学的研究日新月异，这些研究统统都反映了他们抗拒用诸论混合的真知和奥秘来阐释基督教，以及抗拒某些比较学派的“混沌主义”。基督教的礼拜仪式和象征体系与犹太教有直接的关系。基督教是一种历史性的宗教，而且深深地植根于另一种历史性的宗教，即犹太人的宗教中。因此，若要阐释或者更好地理解某些圣事或者某些象征，我们只需在《旧约》中寻找它们的“形象”。从基督教的历史主义角度来看，这也是理所当然的：神的默启是有**历史**的；在人类起源之初得到的神的默启依然在各民族间流传，但是已经部分地被遗忘、被歪曲、被讹化；唯一能接近它的方式便是进入以色列的历史：只有在《旧约》的圣书中，神的默启才被完整地保留下来。在之后的论述中，我们还会提到犹太基督教在尽力地不与圣史失去关联，因为不同于任何一个民族的“历史”，圣史是唯一**真实**的历史，唯一有意义的历史：因为这是上帝自己创造的历史。

原始教会的神父们首先考虑的是与**历史**，也就是与**神的默**

启保持关联，同时他们又被各类神秘宗教以及泛滥于整个古代末期的真知影响，因此他们不得不囿于这样一种论战的立场：只有拒绝一切“异教”才能成功接收耶稣基督的旨意。不知在我们当今的时代，神父们是否依然坚守着这种论战态度。当然我们不是为神学家代言；我们既没有这样的义务，也没有这样的能力。但是对于那些不把同伴的信仰当回事的人，他们要知道的是，洗礼在犹太基督教中的象征意义与我们普遍认同的水的象征意义是完全一致的。所有的一切在水的象征中都能找到对应：在诸多的教义中，诺亚和大洪水便是终结“人类”（“社会”）的大水灾，其中只有一个人幸免于难，他后来成了新人类的祖先。“死亡之海”是古代东方神话，即亚洲神话和大洋洲神话的主旋律。水实施了典型的“扼杀”：水分解、消灭了所有形式。这也就是为何水能萌生那么多“种子”，有繁殖能力的种子。赤身裸体进行洗礼，这也并非为犹太基督教传统所独有。宗教仪式上的赤身裸体象征的是完整和全部；“伊甸园”暗示着不穿“衣服”，也就是说没有“磨损”的痕迹（“磨损”也是时间的原型形象）。而对伊甸园的怀念则是一种普遍存在的情感，尽管情感的外现方式多得数不胜数。[1] 所有宗教仪式上的赤身裸体都是永恒的原型，象征着伊甸园的形象。

① 参见《宗教历史论著》，p.327。

深渊中的魔鬼形象，在诸多宗教教义中也可以找到：英雄（新入教者）降落到深渊底下，与海怪进行对抗；这其实是一种典型的入教考验。诚然，相关的变体层出不穷：龙在“宝藏”周围设置守卫，这些守卫明显代表了神圣和绝对实在的形象；打败怪兽守卫的仪式性的（入教的）胜利相当于获得了永生不死。[①] 洗礼是所有基督徒的一件圣事，因为它是由耶稣创立的。但同时也是入教的仪式，象征着考验（即与怪兽的决斗）、死亡和死而复生（全新的人的诞生）。我们并不是说，犹太教或者基督教“借用”了其他宗教中的某个神话或者某个象征符号；这其实也没有必要；犹太教继承的是一段史前的，所有一切均已存在的悠长的宗教历史。甚至无须说是犹太教唤起了某个符号完整的象征意义；只要有一组形象自前摩西时代始终被保存下来，即使不为众人所知，也足以说明：这样的形象可以随时随地在当下的宗教中发挥强有力的作用。

原始教会的一些神父会衡量找到基督教提出的原型形象和人类普遍认同的形象这两者之间的对应到底有何意义。“始终萦绕在他们心头的一个大问题便是向非教徒明确地展示出那些在心理认知上能立刻被接受并让人信服的重要的象征符号与新宗教教义之间的对应关系。为了回应那些不相信死而复生的

① 参见《宗教历史论著》，pp.182，252。

人，泰奥菲尔·德·昂蒂奥什（Théophile d'Antioche）特地指明了上帝在重要的自然现象中留下的迹象以说明这个问题，如四季的周而复始，昼夜的更替。他甚至这样说：‘种子和果实不是也会死而复生吗？’罗马的克莱蒙说，‘昼夜的更迭告诉我们死后能复生：黑夜落下，白昼升起；白昼结束，夜幕降临’。”[1]在基督教的卫道士看来，形象中充斥着标记与寓意；形象通过宇宙的节奏**表现**神圣。由信仰带来的神的默启并不有损形象“最初的”意义：只会为形象增添新一重的价值。当然，对于教徒来说，这一层新的意义会令其他意义黯然失色：因为**单单**这层意义便赋予了形象极大的价值，使之变成神的默启。这里最关键的是耶稣的复活，而并非那些我们可以在自然中找到的“迹象”；大多数情况是，教徒们只有找到了内心深处的信仰，才能明白这些“标记”。不过，信仰的神秘之处也吸引了他们对基督教进行体验或者进行神学和宗教心理学研究的兴趣，这当然不是我们研究的范畴；在我们选择的研究视野下，有一点非常重要：那就是**任何一种新价值的获得总是受制于形象结构本身**，甚至我们可以说，一个形象总是在**等待**被赋予意义。

拜尔内特在分析有关洗礼的形象时承认“宗教教义中的再现，基督教的象征化和被自然符号激活的原型之间存在某

① 参见路易斯·拜尔内特：《基督教圣事主义的神话学维度》，p.275。

种联系。对于那些将要受洗的新教徒来说，倘若象征性的形象无法回应他们不明就里的期待，那么他们又如何能理解这些被告知的形象呢？”[①]作者还注意到：“很多天主教徒也是通过同样的体验重新走上了信仰之路。”[②]当然，拜尔内特也继续指出，原型的体验与宗教信仰的体验是互不侵犯的：“人们可以一起承认宗教符号与心理认知之间的关系，哪怕可以被分成信教的人和不信教的人。因为宗教信仰与承不承认没有关系。……因此，信仰的行为是在原型再现的世界里实现了一种分享。从此，蛇、龙、黑暗、撒旦，都是指那些要被抛却的东西。只有在历史社会中提出的未遭改变的再现才被承认为是唯一能宣扬救赎的再现。”[③]

原型形象及其基督教中的象征

然而，拜尔内特也承认，即使基督教圣礼主义中的形象与象征不会让教徒“首先想到那些神话与内在原型，但会想到历史上的神性力量。这一新的意义不应成为拒绝承认原本意义的理由，那些原本意义是始终存在的。基督教重提了代表着

① 参见路易斯·拜尔内特：《基督教圣事主义的神话学维度》，p.276。
② 同上。
③ 同上书，p.277。

自然宗教崇拜者的重要图形以及象征化符号,同时也提出这些符号的潜在性和对内心灵魂产生的影响。神话和原型两者为了从此更好地合二为一,变得如此触手可及。基督徒可以放弃在神话和唯一的内在原型体验中寻找精神上的救赎,但他并不会因此放弃所有代表并实现与有灵魂的人相关、与小宇宙相关的神话和象征化的一切。……耶稣基督和教会重提那些重要形象,如太阳、月亮、木、水、海等等,这其实也是一次传教,传播的是由这些形象激发的内心情感。化身不应被简单地理解成肉体的赋予。上帝参与到集体无意识中,为了拯救化身,实现化身。耶稣基督进入地狱。如果这个救赎没有说着我们熟知的语言,属于我们熟知的类别,那么这一救赎如何能进入我们的无意识呢?"①

拜尔内特的这篇文章详细阐述了"内在的"象征与信仰之间既存的关系。诚如我们之前所说,信仰的问题并不是我们目前要讨论的问题。但是,其中有一点值得引起我们的关注:基督教的信仰与**历史的**启示密切相关,也就是说上帝在时间中的显现在基督徒看来就是确保了想象和象征符号的有效性。我们已经指出,与水有关的"内在的"、普遍性的象征,并没有因为对洗礼象征按犹太基督教教义作出的区域化的、历

① 路易斯·拜尔内特:《基督教圣事主义的神话学维度》,pp.284—285。

史性的阐释,而被取消、被磨灭。说得再简单一点:历史无法彻底地改变"内在"象征的结构。历史会不断赋予象征新的意义,但是这些新生的意义不会破坏象征符号的结构。稍后我们会论述这对历史哲学和文化形态学带来的影响。现在,我们先来看几个例子。

我们在之前的章节中讲到了宇宙树的象征意义。基督教对这一符号进行了运用、阐释和拓展。用或好或坏的树的木头做成的十字架取代了宇宙树;而耶稣基督自己也被描绘成一棵树。一位所谓的雄辩家在讲道中说,十字架就是一棵"从地上直穿云天的树。它四季常青,矗立在天与地的中心:它是宇宙坚强的支撑,是世界万物的联系,是所有宜居土地的依托,是宇宙的交织,承载着五花八门的人性……""直至今天,拜占庭的礼拜仪式中,在光荣十字架瞻礼的那一天,我们还会歌颂树立在髑髅地的生命之树,让我们获得救赎的生命之树"。这棵树,"从'地'底下冒出,'在大地的中心生长,直至宇宙的尽头得到圣化'"。[1] 宇宙树这一形象一直被描述得颇为纯洁,这是令人惊叹的。很有可能宇宙树的原型就存在于智慧之中,正如《箴言》

① 亨利·德·吕巴克(Henri de Lubac):《佛教的诸多方面》(*Aspects du Bouddhisme*, Paris, 1951, pp.57, 66—67);这一问题的论述,还可参见波尔海斯(R. Bauerreiss):《生命之树及其在西方的礼仪、艺术和习俗中的应用》(*Arbor Vitae*, *«Lebensbaum» und seine Verwendung in Liturgie*, *kunst und Brauchtum des Abendlandes*, Munich, 1938, Abhandlungen der Bayerischen Benediktiner-Akademie, III)。

中所写(Ⅲ,18),“对能领悟智慧的人来说,是一棵生命之树”。这里所说“智慧”,德·吕巴克神父是这样解释的①,“对于犹太人来说,是法则;对于基督徒来说,是上帝之子”。另一个可能的原型是《圣经》里尼布甲尼撒王的梦中见到的巨人(《但以理书》,Ⅳ,7—15):“我在大地中心看到了一棵树,非常非常高”,等等。

德·吕巴克神父也承认,与印度宗教传统中的宇宙树的象征符号一样,在基督教中,“十字架等于宇宙树”的形象便是对“普世古老神话”的延续②。但他同时也急切地指出基督教赋予这一形象新的意义。比如说,我们知道他在伪雄辩的布道中称世界即教会:“教会就是全新的大宇宙,基督教的灵魂便是它的缩影。”③还有菩萨和耶稣、桑奇大塔和十字架之间是否真的存在巨大差异④。这位著名的神学家认为佛教和基督教中都使用到相同的形象,“说到底只不过是语言不同罢了”⑤,但同时他似乎过分夸大了历史特性在其中的重要作用:“问题的关键在于要弄清每一种情况下‘特有版本’所属的类型以及新颖的程度。”⑥

---

① 亨利·德·吕巴克,《佛教的诸多方面》,p.71。
② 同上书,p.75。
③ 同上书,p.77。
④ 同上。
⑤ 同上书,p.76。
⑥ 同上书,p.169,注释101。

这真的是症结所在吗？我们的任务真的仅仅是彻底弄清“特有版本”吗？说到底，“特有版本”也就是一段当地的历史。难道我们就没有任何办法可以接近形象、象征、原型，深刻理解它们本身的结构，既能理解这一涵盖所有“历史”的**整体性**又能厘清这三者之间的不同？许多研究教会圣师和礼拜仪式的文章都将十字架比作一架梯子，一根柱子或是一座高山[①]。我们一定还记得，这些形象其实是象征“世界中心”的普遍范式。正是作为世界中心的一种象征符号，十字架才被视为宇宙树。这也证明中心的形象已经很自然地渗透到基督教思想中。与上天对话要通过十字架（中心），同样的，整个宇宙要获得“拯救”也要靠十字架。然而，**“救赎”的概念也只是重提并补充了永恒变化的概念、宇宙再生的概念，普世的多产、神圣化、绝对实在，还有长生不死等概念，所有这些概念都共存于世界之树的象征之中**[②]。

我们必须说明一点：对于犹太基督教，对于信仰，我们并不否认在正确看待某个象征符号的过程中，历史所起到的重要作用，**如同某种特定的文化对符号的存在与解读也至关重要一样**。但这并不是说将一个象征符号“置于”它自身的历史之中，我们便可以解决基本的问题。换句话说，能带给我们启示的不是一

① 亨利·德·吕巴克：《佛教的诸多方面》，pp.64—68。
② 参见《宗教历史论著》，p.234。

个符号的某一种"特有版本",而是象征的"**整体性**"。我们已经看到一个符号的不同意义会接二连三地出现,而且在一个体系内相互关联;不同特有版本之间呈现的矛盾大多数情况都只是表面的:我们只需从整体上来考察象征,剥离出象征的结构,那么这些矛盾都会迎刃而解。原型形象的任何一种新的意义都是对原有意义的发扬与利用:十字架所体现的"救赎"并不会消解前基督教时代的世界之树的意义,即原本作为彻底**革新**的典型符号;恰恰相反,十字架发扬了所有其他的价值和意义。① 我们需要再次注意,将世界之树等同于十字架,以此带来的新意义,即耶稣受难是在历史**当中**发生的,也是由历史事件促成的。我们很快便能看到:犹太基督教最大的创新之处在于将伟大历史变成一种神显。

---

① 象征意义还在不断地被强化,比如生命之树和鹿还一起被用来装饰圣洗堂,这其实也是生命轮回的原始图景,可对照亨利-夏尔·普艾什(Henri-Charles Puech):《鹿与蛇》,载《考古学手册》(«Le Cerf et Serpent», *Cahiers archéologiques*, Ⅳ, 1949, pp.17—60, 尤其是 pp.29 *sq.*)。而在原始时期的中国,阿尔泰山地区,以及中美和北美的一些文化(特别是在玛雅人和印第安人的部落)中,鹿象征的是不断地繁殖和不断地复原,因为鹿角会周期性地脱落和重新生长;对照亨茨(G. Hentze):《如何解读中国商朝时期绘画中的青铜花瓶》(«Comment il faut lire l'iconographie d'un vase en bronze chinois de la période Chang ?», *Conferenze I. S. M. E. O.*, vol. 1, Roma, 1951, pp.24 *sq.*);同上:《中国古代商朝的青铜器、建筑及宗教》(*Bronzegerät*, *Kultbauten*, *Religion im ältesten China der Shang-Zeit*, Antwerpen, 1951, pp.210 *sq.*)。在古希腊传统中,鹿是通过吃蛇和不断地喝水来完成自我的更新:鹿角脱落,鹿就重获青春,可以重新获得五十到五百年的新生(参见普艾什的资料,p.29)。对鹿和蛇的敌意其实来自宇宙论:鹿被认为与火和黎明有关(中国,阿尔泰山地区,美洲,等等),而蛇则代表了黑夜、地底下的、萌芽的生命的形象。但是,蛇本身也是周期性生命更新的象征,尽管是从另一个角度来说的。鹿-蛇之间的对立其实活生生地表现了"一对对立物"的形象。

再举一个例子。我们知道,萨满进入地狱是为了寻找被魔鬼掳走的病人的灵魂,并将它带回。[①] 俄耳甫斯到达冥界,是为了找回他刚刚逝去的妻子欧律狄刻。我们在其他地方也可以找到类似的神话:在波利尼西亚、北美洲、中亚地区(这里,神话也是萨满教口述经典的重要组成部分),都会有这样的传说,英雄人物进入地狱,以求救回已故妻子的灵魂;在波利尼西亚和中亚地区的神话中,这位英雄最后成功了;而在北美洲的神话里,他遭遇了与俄耳甫斯同样的失败。我们并不急于从中得出一个结论。我们只要记住一个细节:俄耳甫斯是歌手,是驯兽师,是医生,是诗人,是传播文化的人;总之,他担负着所有"原始社会"中萨满应承担的责任。萨满不只能替人治病,行入迷术,他也是各种动物的朋友和主人,他会模仿动物的声音,把自己也变成动物;他也是歌手、诗人、传播文化的人。请注意,为了拯救亚当,为了使因犯原罪而堕落的人重新变得完整(而人堕落的其中一个后果就是失去了控制动物的能力),耶稣也曾进入地狱。

既然如此,我们是否可以将俄耳甫斯看作是一个"萨满",将耶稣基督去往地狱看作是萨满巫师陷入恍惚入迷的状态?恰恰相反:在不同的文化和地域——西伯利亚或北美地区、古

① 对于这一点,参见笔者:《萨满教及古代入迷术》。

希腊或犹太基督教文化——这些形象都以不同的方式被赋予了不同的意义。我们没有必要深究这些显而易见的差异。但其中有一个要素是永恒不变的，是不应为我们所忽视的：那就是“下到地狱以求拯救灵魂”这一主题从未改变过；无论是某个病人的灵魂（萨满教中的），抑或是妻子的灵魂（古希腊的、北美洲的、波利尼西亚的、中亚地区的神话），甚至是整个人类的灵魂（耶稣基督），至于拯救的是谁的灵魂并不重要。下地狱，不再是仅仅为了入教或实现某种个人利益的行为，而是带有一种“拯救”的目的：“死亡”和“死而复生”不是为了完成入教仪式，而是为了拯救一个灵魂。由此，入教的原型又平添了一种新的特征：象征符号中的死亡不仅仅为了自身灵魂的完善（归根结底，就是实现永生不死），更是为了拯救**他人**。我们的初衷并不是想在耶稣基督身上找到原始萨满或者北美、波利尼西亚神话中的俄耳甫斯的影子。我们只是认为，入教的原型也包含这一为他人而“死”（下地狱）的意义。（顺便需要注意的是，萨满施放法术的过程中会出现“下地狱”的行为，这一过程无异于一种神秘仪式；萨满会“灵魂出窍”，灵魂脱离了身体。）

萨满教的另一种基本仪式是升天：萨满通过矗立在“世界中心”的宇宙树，进入天国，面见至高无上的神。我们知道，所有的神秘学都会用到升天的象征来代表人的灵魂上升并与上天融合。但是我们却不能把萨满教中的升天等同于佛教、伊斯兰教或者基督教中的升天：这几种宗教恍惚体验的内容都是有差异的。尽管如此，超越这一概念却普遍都以升天的形象得以体现，而且无论哪种宗教，神秘的体验中总会包含升天。更确切地说，萨满某些精神恍惚的行为与大型历史神秘学中（印度的，远东的，地中海沿岸的，基督教的）的一些体验非常相似，让人很难分清楚。

教会的神父认为，神秘的生命包含在回归伊甸园之中。[①]重建伊甸园的其中一个特征恰好就是对动物的控制，而这也是萨满和俄耳甫斯特有的本事。而重回伊甸园在古代的、原始的神秘学中也存在，而人们常常把这样的神秘学统称为萨满教。我们之前也指出，萨满灵魂附体的状态重现了最初的人的状态：萨满一旦灵魂附体，便会体验到最初人类在伊甸园中的生活，便会紧紧地与上帝联系在一起。事实上，这些传统都在向我们讲述一段神秘的时期，人直接能与天上的神交流；最初的人类爬一座山、一棵树、一根绳索之类的东西，便能轻而易举、真真切切地到达天国。而那些天上的神则时不时地会降临到大地上，与人类生活在一起。某一件神秘的大事（通常是宗教仪式上的差

① 多姆·斯托尔兹(Dom Stolz)：《神秘主义的宗教学》(*Théologie de la mystique*)；让·达尼尔鲁：《圣餐：圣经类型的起源研究》。这里其实是一个预设，因为只有在死后才能完全进入伊甸园。

错）发生之后，天界与地界之间的交流被切断了（树、绳索被割断了，等等），而上帝又隐藏到天国的深处。在许多的宗教传统中，神的隐藏常常被解读为神后来变成了中性的神（deus otiosus）。但是萨满却能在他自己需要的时候利用一种独门秘技重新建立与天国的联系，重新与天神对话——尽管是短暂的。换句话说，他成功地消解了历史（自“堕落”以后，自天界与地界之间的直接联系被切断以后所流逝的所有时间）；他**倒退到从前**，重新进入最初的伊甸园。重新进入神秘的彼时（illud tempus），这是在恍惚入迷中实现的：萨满恍惚的状态既可以看作是重回伊甸园的条件，也可以看作是重回伊甸园的结果。无论如何，可以肯定的是，“原始人”的神秘体验也是一种重新进入“伊甸园”[①]的恍惚状态。

我们并不是要用萨满教来解释犹太基督教的神秘，也不是要在基督教中找到“萨满教的要素”。但是有一点非常重要，不容忽视：“原始人”的神秘体验，还有基督徒生命中的神秘成分，都暗示了要重建最初的伊甸园。神秘的生命等同于重回伊甸园，这一等式并不是犹太基督教因为上帝参与历史而形成的独

① 当然，我们不能简单地把萨满教的恍惚体验认为就是实现了“回归伊甸园”：这其中还有许多其他的要素。对这一复杂问题，我们已经用整整一本书的篇幅去探讨，这里就不再赘述。但需要指出的是，萨满教的入教仪式中包括有对死亡、对复活的恍惚性体验，这一体验非常关键，在所有的历史神秘学中都可以找到，包括基督教的神秘学。

一无二的特点；而是古代人类普遍的一个“数据”。

再次请大家注意，“上帝参与历史”，即**在时间中**形成的神启，使“非时间的状态”得以继续并得到强化。犹太基督教在某一不可逆的历史时间中接收到的神启，古代人类将它保留在神话中；但是，无论是“原始人”的神秘体验还是基督徒的神秘生命都可以用同一种原型加以阐释：回到最初的伊甸园。我们很清楚，历史——在这里特指圣史——并没有任何变化：不论是原始人的历史，还是基督徒的历史，都是一种有违常理的回归，即回归到彼时，都是一种消解时间和历史的“倒退”，这构成了重新进入伊甸园的全部内容。

因此，《圣经》和基督教的象征一直是普世的，和任何一种有严密逻辑性的象征一样，尽管其中包含着历史的，总之是“地方性”的内容——因为任何一段当地历史相对于世界历史的整体而言都是地方的。我们甚至可以思考这样一个问题，人们可以理解基督教，是否主要归因于它的象征符号？基督教中一些重新被利用的普遍形象是否极大地有助于其寓意的传播？因为这样一来非基督徒首先会遇到一个问题：一段当地的历史——犹太民族的历史和首批犹太基督教组织的历史，是否能够在具体的、历史的时间当中成为任何一种神显的范例？我们自以为已经找到了这个问题的答案：尽管圣史在外行人眼中是一段当地的历史，但它同样也是具有典型性的历史，因为它重新利用了超越时间的一些形象，并对它们加以完善。

非基督教徒总会不由自主地感觉基督教与先前的宗教信仰相比**发生了很大的改变**，那么这样一种印象是从何而来的呢？对于一位亲基督教的印度教徒而言，最显著的改变（若我们暂且不论基督传达的寓意或者基督的神性）莫过于赋予时间以新的意义，说到底是时间和历史的**救赎**。[①] 时间的轮回、时间的可逆不复存在，取而代之的是不可逆的时间，因为这次通过时间显现的显圣物再也不会重复出现：耶稣基督的出生、存在、被钉死在十字架上、死而复生，都只有一次。由此，这些行为瞬间构成了圆满，时间获得了主体性：时间终于可以**存在**，也就是说，时间不再处于变化之中，时间成为永恒。不难发现，并不是无论哪个时刻都能转变成永恒，只有"有利的时刻"，只有被神启改变的瞬间，才能实现这一转变（这一"有利的时刻"也被称为Káiros）。时间成为一种价值，上帝通过时间来显现，并赋予它超历史的意义和救赎的目的：因为，每一次上帝参与历史，难道不是对人的救赎，难道不是做了与历史毫无关系的事情？时间

---

① 参见亨利-夏尔·普艾什会议发言，《基督教最初几世纪的时间、历史和神话》，载《第七届宗教历史研讨会会议论文集》（«Temps, Histoire et Mythe dans le christianisme des premiers siècles», *Proceedings of the VIIth Congress for the History of Religions*, Amsterdam, 1951, pp.33—52）；参见笔者：《永恒回归的神话：原型与重复》，p.152；卡尔·洛维特（Karl Löwith）：《历史中的寓意》（*Meaning in History*, Chicago, 1949）。

变得圆满，是因为它成了圣子的化身；但这会改变历史。在**目睹了**耶稣出生、受难、死亡、复活之后，时间又怎会是虚妄的、空洞的呢？时间又怎会是永远的可逆、可重复的呢？

从宗教历史的角度上来说，犹太基督教向我们展现了至高无上的显圣物：**由历史事件转变而来的显圣物**。这远远超越了将时间变成显圣物，时间的神圣化在各种宗教中都非常常见。这里是指历史事件本身最大限度地体现了超历史性：上帝不再像在犹太教中那样，单单只参与到历史之中；上帝化身为历史性的人，存在于受历史制约的状况中；拿撒勒的耶稣与他在巴勒斯坦的同时代人表面上没有任何的不同。从表面上看，神完全地隐藏在历史中：耶稣，上帝本身的外形、内心或者“教养”都无法被窥见；耶稣和巴勒斯坦的任何一个犹太人一样，会进食，会消化，会因为口渴或炎热而难受。但事实上，这一构成耶稣存在的“历史性事件”是一种完完全全的显圣物；大胆地、竭尽全力地通过最大限度地赋予历史事件以生命，来实现**拯救历史事件本身**的目的。

尽管犹太基督教赋予事件和历史以价值，但它指向的不是历史主义，而是一种历史的神学。事件不是自为地被赋予价值，而只是因为事件本身承载着神启，一种先于事件存在而且超越事件的神启。历史主义其实是基督教解体的产物；只有人们不再相信历史事件的超历史性，历史主义才可能存在。

但有一个事实是不变的——基督教竭尽所能**拯救**历史；首先是因为它赋予历史事件以价值，其次是因为，对于基督徒来说，历史事件只要一直存在，便能传达一种超越历史的寓意：唯一的问题只是解读这一寓意。基督徒通常被认为在化身为基督之后，不仅会在宇宙之中（借助于宇宙的神显，如形象和象征符号），更会在历史事件中寻找上帝的参与。这样的找寻并不轻松；解密宇宙中神存在的“记号”并不是很困难，困难的是相似的记号总是隐藏在伟大历史之中。

事实上，基督徒也承认化身之后，圣迹便不再那么轻易出现；最大的“圣迹”无异于化身，所有在耶稣-基督之前**清楚地显现为圣迹**的东西在基督到来之后，便不再有任何意义与作用。当然，教会还接受了一系列源源不断出现的圣迹，不过这些圣迹有效的前提是必须依赖于基督，而不是其本身作为“圣迹”的内在价值。（大家知道，教会通常会细致地辨别哪些是因为“法术”和“魔力”形成的圣迹，哪些是因承圣宠形成的圣迹。）被教会接受的那些圣迹，它们的存在和有效性让我们不禁追问另一个重大的问题，那就是基督教世界神启的**不可认知性**；因为，我们很容易跟基督离得很近，**模仿**他，而不让人看出任何痕迹：我们可以模仿活着时的基督，他的历史性的生命，即表面上看与所有人都一样的存在。总之，基督徒被引领着接近每一个历史性的事件，怀着“恐惧与惊慌”的心情；因为在他们看来，最平淡无奇的历史事件始终是**实在的**(也就是说受到历史条件的制约),它掩盖了上帝参与到历史**之中**的行为;但无论如何,这一历史性的事件具有一种超越历史的意义,承载着某种启示。而且,对于基督徒而言,历史性的生命可以变得辉煌无比:因为他是见证者,见证了基督和其他神的一生。在基督教中,不再只有宇宙和形象能够代表和揭示神启,除这两者之外,还有伟大历史,尤其还有“无关紧要的历史”,即由表面上毫无意义的事件构成的历史。①

也许上述的观点都对,但我们还需清楚,基督教进入历史,是为了消解历史;基督徒最大的渴望便是基督的再度降临,唯有如此才能终结任何一段伟大的历史。从某种程度上说,对于基督徒的每一个个体而言,这样的终结以及由此带来的永恒,重新找回的伊甸园,**从此刻开始**便能实现。基督徒已经能够进入基督所称的**彼时**,而对于能寻回彼时的人来说,历史将不再存在。其实最初的一批信徒便已经开始将时间转变成永恒。但是这样

① “历史”与“历史性”这两个词很容易发生混淆:一方面,两者指称的都是人类存在中所有具体、真实的东西,而不是一种非真实的存在,由逃避、无意识构成的存在。另一方面,在众多历史主义和存在主义的思潮中,这两个词又暗指人类存在并不总是真实的,只有在“意识到自己所处的那个历史性时刻”的条件下,他的存在才是真实的。正是基于这一对历史的整体性把握,我们才会对“历史主义”提出质疑。其实,在我们看来,存在的真实性并不局限于对自身历史性的认识:爱、焦虑、神性、美感、静思、欢乐、忧愁等这些体验和感受不应被认为是“逃避”或者“不真实”,每一种体验都具有其自身特有的时间节奏,而所有这些体验才能构成我们所谓的“完整的人”,他不会无视每一个历史性的时刻,也不会任由自己与这一时刻混同。

的转变并不是基督教独有的特性。我们在印度教中也找到了相同的观念和象征（见之前的章节）。与刹那（ksana）对应的是契机（káiros）：两者都可以变成“有利的时刻”，经由这一有利的时刻，人们可以“逃离时间”，达到永恒……归根结底是基督徒被要求成为基督的同代人：这也暗示着一种在历史中的具体的存在，以及与基督的说教、受难、复活保持的同时代性。

象征符号与文化

研究一种象征的历史，是会让人着迷的，而且这种研究也是完全必要的，因为这是理解我们所谓的文化哲学最好的入门方式。形象、原型、象征符号，都曾历经过不同的文化，并被不同的文化赋予不同的价值：由此而生的产物很大程度便形成了“文化风格”。在摩鹿加群岛的塞兰，在埃莱夫西纳，人们均发现了原始年轻女子的神秘踪迹：海奴威蕾（Hainuwele）和科莱珀耳塞福涅（Kore Persephone）。[①] 从结构上看，关于她们两者的神话非常相像：但要知道古罗马和塞兰之间的文化差异十分巨大！我们对古希腊和摩鹿加群岛的年轻女子的形象所表现出的

① 参见延森（Ad. E. Jensen）：《海奴威蕾——摩鹿加群岛民间故事》（*Hainuwele. Volkserzählungen von der Molukken-Insel Ceram*, Frankfurt-a-Mein, 1939）；延森：《三条河流》（*Die Drei Ströme*, Leipzig, 1948, pp. 277 *sq.*）；荣格和卡尔·凯伦依（Karl Kerényi）：《女神》（*Das götlichen Mädchen*）。

特有形态,文化形态学和风格哲学都将予以关注。但是如果说这些文化是历史的产物,因为已经形成了自己独有的风格而不再可以相互替换,那么只有从形象和象征符号的角度才能加以比较。正是原型具有这样的永久性和普世性,它才能够最终“拯救”文化,才有可能建立起一种文化的哲学,而不仅仅是文化的形态学或者文化样式的历史学。任何一种文化都是“坠落到历史之中”;因此,文化也是有其局限的。我们无须被古希腊文明无与伦比的绚烂、高贵和完美所蒙蔽;**作为一种历史现象**,古希腊文明也并非具有普世性的价值:比如说,可以试试在一个非洲人或者印度尼西亚人面前大谈古希腊文明:他们能理解的一定不会是令人啧啧称奇的古希腊“风格”,而是作为非洲人或者印度尼西亚人能在经典文学的代表作或者雕像中找到的那些古希腊形象。在欧洲人看来,古代文明的**历史再现**中**美和真**的东西,可能在大洋洲人眼里一文不值;因为文明总是表现在受历史条件制约的样式和结构中,有其局限性。但是形象则不同,它先于文明存在,赋予文明以形式,可以保持永久的生命力,并能普遍地被认知。欧洲人也许一定不会承认,古希腊经典作品带给整个人类的精神价值与深刻启迪并不在于古希腊雕塑形式上的无可挑剔,例如断臂维纳斯,而是雕塑所呈现的女人的形象。然而,倘若没有认识到这一朴素的事实,那么欧洲人便无法与欧洲以外的人进行有效的对话。

总之，正因为形象与象征符号的存在，文化才能保持一种“开放的”状态：无论从哪种文化出发，澳大利亚的或者雅典的，借助承载这些文化的象征符号，我们便能很好地揭示人的有限处境。但是我们若无视这一体现不同文化样式的精神基础，那么文化哲学将永远只是一门形态学的研究和史学的研究，对人类的生存本身没有任何裨益。如果形象没有成为通往超越的“入口”，那么我们都将被困在任何一种文化之中，无论这种文化看起来是多么伟大，多么令人惊叹。通过任何一件为样式和历史所限的精神作品，我们都可以找回原型：无论是海奴威蕾还是科莱珀耳塞福涅，都向我们揭示了年轻女子惹人垂怜又丰富多彩的人生。

形象也是去往一个超历史的世界的“入口”。这并不是形象所扮演的最微不足道的角色：因为有了形象，不同的“历史”才能展开对话。人们常说中世纪的欧洲能够统一是得益于基督教。此话一点也不假，特别是当时民间的宗教传统也得到了认可。因为基督教的圣徒传记，地方性的宗教信仰——从色雷斯到斯堪的纳维亚，从塔霍河到第聂伯河——一律变成了“共同目标”。在基督教化的过程中，整个欧洲宗教信仰的神灵和圣地不仅被重新统一命名，甚至从某种程度上说重新找到了它们的原型，也因此具有了普世性的价值：比如，高卢的一座喷泉，自史前时代开始一直被认为是神圣的，原因是它代表着**当地的**

或者地区性的某个神的形象，而后来为了**完全地具有基督教性**而变得神圣的，是在被归属到圣母玛利亚之下成为至圣之物之后。所有屠龙的人都等同于圣乔治或者另一个基督教中的英雄，所有的雨神都等同于圣特利。民间神话从地域性的、有着当地色彩的，变成了普世性的。基督教之所以在传播文化的过程中扮演着至关重要的角色，是因为它为那些深深扎根于故土而因此有可能封闭在自己的传统宗教中的民族，创造了一门全新的神话语言；在将欧洲古老的宗教遗产统统基督教化的过程中，基督教不仅使古老的宗教得到了净化，更重要的是在基督教之前的那些陈旧的仪式、信仰和人的希望中，它将所有值得“拯救”的部分推进到了人类精神发展的一个新阶段。直到今天，民间基督教中依然保存着新石器时代的宗教仪式和信仰：比如说，用谷物粥来祭奠死者。欧洲平民阶层的基督教化能够实现，尤其应该归功于形象：这些形象存在于各个宗教中，只需赋予它们新的价值、新的名字，便能将它们融入新的宗教之中。

当然，我们并不希望在全球范围内，未来也重复类似的现象。恰恰相反，外来民族进入历史总会刺激当地宗教更强有力的反抗。正如我们之前所说，如今的欧洲是不得不与“外来的”“原始的”其他文化进行对话。遗憾的是，尽管象征研究为这样的对话带来许多有益的启示，但欧洲却并没有从中吸取教训。

关于方法论的说明

基于我们所有的论述，大家可以看到，我们已经大大超越了泰勒或者弗雷泽的“混沌主义”立场，在他们两者的人类学和人种学的研究中，所举的例子没有任何地理或者历史上的关联性，一会儿是澳大利亚的神话，一会儿是西伯利亚的神话，一会儿是非洲的，一会儿又是北美的，他们认为无论从时间上还是地域上“面对大自然的现象，人类心理只会作出一种相同的反应”。这样的立场与达尔文时代的自然主义者立场极为相似，相较之下，格学布奈尔-施米特创导的文化历史学派以及其他几个历史主义学派则在思想上进步不少。然而，关键是不能囿于文化历史的视野中举步不前，我们要追问的是象征符号、神话、宗教仪式，除了讲述它们自身的历史之外，是否能为我们揭示人在世界上的生存状况。这也是我们试图在本书以及最近的一些研究中所探讨的问题。[①]

作为正统的实证主义者，泰勒或者弗雷泽均认为古代人类充斥着宗教法术的生活只是一堆幼稚的“迷信”而已：源于代代相传的恐惧或者“原始的”愚昧。然后这样的价值判断却有悖

① 这一问题在《宗教历史论著》中有充分的论述。

于事实。古代人类实施宗教法术的行为恰恰反映了人面对宇宙,面对自身具有一种存在的意识。弗雷泽或者弗雷泽的追随者或许从中看到的只是一种"迷信",但其实里面暗含着一种形而上学,尽管这一形而上学是通过象征符号而不是一系列的概念得以体现的:形而上学,也就是关于实在的一种严密的、整体上的构想,而不是一系列被"人面对大自然作出的统一的、最基本的动物性反应"所支配的直觉性举动。因此,撇开不同象征符号的"历史"不谈,我们可以将大洋洲的一个符号和亚洲北部的一个符号作比较,我们自认为这样做是有理有据的,这并不是因为两个符号都是"心理幼稚"形成的产物,而是因为符号本身便已经体现人对于有限处境的认识。

有些研究试图用直接作用于大脑皮层的感觉,或者宇宙的伟大节奏(如太阳的运行)来解释象征符号的"起源"。我们对这样的假设不置可否。但"起源"的问题,在我们看来,本身是一个不值得考虑的问题。象征符号不可能反映宇宙节奏,宇宙节奏均是自然现象,人们常常以为符号能代表宇宙生命的某一方面,但事实是符号能反映的东西远比这要**多得多**。例如,与太阳有关的象征和神话展现出太阳"黑暗的""邪恶的""阴晦的"一面,但这在由太阳产生的现象中并不**明显**。这有一些消极的方面,尽管在作为一种宇宙现象的太阳身上不易察觉,但却是有关太阳的象征的组成部分;这就说明,象征符号从一开始便是心灵的产物。若我们不曾忘记象征符号的功能正是揭示其他认知手段所无法企及的全部实在,那么我们便对这一观点更加深信不疑:例如,对立物之间的吻合借由符号可以轻而易举地表现出来,这样的例子举不胜举,但在宇宙中的任何地方却都不会发生,而且也不会为人的直觉经验或者逻辑推理所接受。

不过,让我们暂且认为象征只与“精神上的”现实有关。对于古代思想的研究,断然地区分“精神”与“物质”是毫无意义的:这两者其实是互为补充的。即使一处居所被认为是处于“世界的中心”,它依然还是满足各种具体需要的工具,并且受到气候、社会经济结构、建筑传统的制约。最近,“象征主义”和“现实主义”之间由来已久的论争再次爆发,这次是有关古埃及的宗教建筑。这两种立场只是看似不可调和而已:从古代人的心理上来看,意识到“眼前的现实”并不意味着一定会无视或者忽略这些现实所暗含的象征意义,反之亦然。我们不应认为一个物品或者一种行为暗含的象征意义会消解其具体的、特有的价值:农民的铁锹被称为阴茎(南亚语系的某些语言中会有类似的说法),播种被等同于性行为(世界各地都认同这样的观点),这并不代表“原始的”农民会不知道自己劳作所特有的功能以及手中工具具有的具体的、直接的价值。象征赋予了一个物品或者一种行为以新的价值,而不会因此损害它们自身原有的价值。当一个物品或者一种行为具有了象征意义之后,它们会变得更为“开放”。象征的思想使眼前的现实得以“绽放”，而不会将之缩小或者使其贬值：从象征的角度看，宇宙不是封闭的，任何一件物品都不会囿于自身的存在中而孤立无援：所有的一切都紧紧地联系在一起，所有的一切都处在一个相呼应、相一致的系统当中。① 古代社会的人意识到自身处于一个“开放的世界”，一个富含意义的世界：我们还需探求的是，这些“入口”是否可以同样地供逃离所用，或者相反的，这些入口是否是通往世界真正实在的唯一途径。

① 若想更好地理解世界因象征符号而产生的变化，我们只需回想一下如何辩证地看待显圣物：一个物品保持自身的同时显化了**神圣**（参见前文“‘逃离时间’的方法”章节）。

人文与社会译丛

第一批书目

1.《政治自由主义》(增订版),[美]J. 罗尔斯著,万俊人译　118.00 元
2.《文化的解释》,[美]C. 格尔茨著,韩莉译　89.00 元
3.《技术与时间:1. 爱比米修斯的过失》,[法]B. 斯蒂格勒著,
裴程译　62.00 元
4.《依附性积累与不发达》,[德]A. G. 弗兰克著,高铦等译　13.60 元
5.《身处欧美的波兰农民》,[美]F. 兹纳涅茨基、W. I. 托马斯著,
张友云译　9.20 元
6.《现代性的后果》,[英]A. 吉登斯著,田禾译　45.00 元
7.《消费文化与后现代主义》,[英]M. 费瑟斯通著,刘精明译　14.20 元
8.《英国工人阶级的形成》(上、下册),[英]E. P. 汤普森著,
钱乘旦等译　168.00 元
9.《知识人的社会角色》,[美]F. 兹纳涅茨基著,郑斌祥译　49.00 元

第二批书目

10.《文化生产:媒体与都市艺术》,[美]D. 克兰著,赵国新译　49.00 元
11.《现代社会中的法律》,[美]R. M. 昂格尔著,吴玉章等译　39.00 元
12.《后形而上学思想》,[德]J. 哈贝马斯著,曹卫东等译　58.00 元
13.《自由主义与正义的局限》,[美]M. 桑德尔著,万俊人等译　30.00 元

14.《临床医学的诞生》,[法]M. 福柯著,刘北成译　55.00 元

15.《农民的道义经济学》,[美]J. C. 斯科特著,程立显等译　42.00 元

16.《俄国思想家》,[英]I. 伯林著,彭淮栋译　35.00 元

17.《自我的根源:现代认同的形成》,[加]C. 泰勒著,韩震等译　128.00 元

18.《霍布斯的政治哲学》,[美]L. 施特劳斯著,申彤译　49.00 元

19.《现代性与大屠杀》,[英]Z. 鲍曼著,杨渝东等译　59.00 元

第三批书目

20.《新功能主义及其后》,[美]J. C. 亚历山大著,彭牧等译　15.80 元

21.《自由史论》,[英]J. 阿克顿著,胡传胜等译　89.00 元

22.《伯林谈话录》,[伊朗]R. 贾汉贝格鲁等著,杨祯钦译　48.00 元

23.《阶级斗争》,[法]R. 阿隆著,周以光译　13.50 元

24.《正义诸领域:为多元主义与平等一辩》,[美]M. 沃尔泽著,褚松燕等译　24.80 元

25.《大萧条的孩子们》,[美]G. H. 埃尔德著,田禾等译　27.30 元

26.《黑格尔》,[加]C. 泰勒著,张国清等译　135.00 元

27.《反潮流》,[英]I. 伯林著,冯克利译　48.00 元

28.《统治阶级》,[意]G. 莫斯卡著,贾鹤鹏译　98.00 元

29.《现代性的哲学话语》,[德]J. 哈贝马斯著,曹卫东等译　78.00 元

第四批书目

30.《自由论》(修订版),[英]I. 伯林著,胡传胜译　69.00 元

31.《保守主义》,[德]K. 曼海姆著,李朝晖、牟建君译　58.00 元

32.《科学的反革命》(修订版),[英]F. 哈耶克著,冯克利译　58.00 元

33.《实践感》,[法]P. 布迪厄著,蒋梓骅译 75.00 元
34.《风险社会:新的现代性之路》,[德]U. 贝克著,张文杰等译 58.00 元
35.《社会行动的结构》,[美]T. 帕森斯著,彭刚等译 80.00 元
36.《个体的社会》,[德]N. 埃利亚斯著,翟三江、陆兴华译 15.30 元
37.《传统的发明》,[英]E. 霍布斯鲍姆等著,顾杭、庞冠群译 68.00 元
38.《关于马基雅维里的思考》,[美]L. 施特劳斯著,申彤译 78.00 元
39.《追寻美德》,[美]A. 麦金太尔著,宋继杰译 68.00 元

第五批书目

40.《现实感》,[英]I. 伯林著,潘荣荣、林茂译 30.00 元
41.《启蒙的时代》,[英]I. 伯林著,孙尚扬、杨深译 35.00 元
42.《元史学》,[美]H. 怀特著,陈新译 89.00 元
43.《意识形态与现代文化》,[英]J. B. 汤普森著,高铦等译 68.00 元
44.《美国大城市的死与生》,[加]J. 雅各布斯著,金衡山译 78.00 元
45.《社会理论和社会结构》,[美]R. K. 默顿著,唐少杰等译 128.00 元
46.《黑皮肤,白面具》,[法]F. 法农著,万冰译 58.00 元
47.《德国的历史观》,[美]G. 伊格尔斯著,彭刚、顾杭译 58.00 元
48.《全世界受苦的人》,[法]F. 法农著,万冰译 17.80 元
49.《知识分子的鸦片》,[法]R. 阿隆著,吕一民、顾杭译 45.00 元

第六批书目

50.《驯化君主》,[美]H. C. 曼斯菲尔德著,冯克利译 68.00 元
51.《黑格尔导读》,[法]A. 科耶夫著,姜志辉译 98.00 元
52.《象征交换与死亡》,[法]J. 波德里亚著,车槿山译 68.00 元
53.《自由及其背叛》,[英]I. 伯林著,赵国新译 48.00 元

54.《启蒙的三个批评者》,[英]I. 伯林著,马寅卯、郑想译　48.00 元
55.《运动中的力量》,[美]S. 塔罗著,吴庆宏译　23.50 元
56.《斗争的动力》,[美]D. 麦克亚当、S. 塔罗、C. 蒂利著,李义中等译　31.50 元
57.《善的脆弱性》,[美]M. 纳斯鲍姆著,徐向东、陆萌译　55.00 元
58.《弱者的武器》,[美]J. C. 斯科特著,郑广怀等译　82.00 元
59.《图绘》,[美]S. 弗里德曼著,陈丽译　49.00 元

第七批书目

60.《现代悲剧》,[英]R. 威廉斯著,丁尔苏译　45.00 元
61.《论革命》,[美]H. 阿伦特著,陈周旺译　59.00 元
62.《美国精神的封闭》,[美]A. 布卢姆著,战旭英译,冯克利校　68.00 元
63.《浪漫主义的根源》,[英]I. 伯林著,吕梁等译　49.00 元
64.《扭曲的人性之材》,[英]I. 伯林著,岳秀坤译　22.00 元
65.《民族主义思想与殖民地世界》,[美]P. 查特吉著,范慕尤、杨曦译　18.00 元
66.《现代性社会学》,[法]D. 马尔图切利著,姜志辉译　32.00 元
67.《社会政治理论的重构》,[美]R. J. 伯恩斯坦著,黄瑞祺译　72.00 元
68.《以色列与启示》,[美]E. 沃格林著,霍伟岸、叶颖译　128.00 元
69.《城邦的世界》,[美]E. 沃格林著,陈周旺译　85.00 元
70.《历史主义的兴起》,[德]F. 梅尼克著,陆月宏译　48.00 元

第八批书目

71.《环境与历史》,[英]W. 贝纳特、P. 科茨著,包茂红译　25.00 元
72.《人类与自然世界》,[英]K. 托马斯著,宋丽丽译　35.00 元

73.《卢梭问题》,[德]E. 卡西勒著,王春华译　39.00 元
74.《男性气概》,[美]H. C. 曼斯菲尔德著,刘玮译　28.00 元
75.《战争与和平的权利》,[美]R. 塔克著,罗炯等译　25.00 元
76.《谁统治美国》,[美]W. 多姆霍夫著,吕鹏、闻翔译　35.00 元
77.《健康与社会》,[法]M. 德吕勒著,王鲲译　35.00 元
78.《读柏拉图》,[德]T. A. 斯勒扎克著,程炜译　68.00 元
79.《苏联的心灵》,[英]I. 伯林著,潘永强、刘北成译　59.00 元
80.《个人印象》,[英]I. 伯林著,林振义、王洁译　35.00 元

第九批书目

81.《技术与时间:2. 迷失方向》,[法]B. 斯蒂格勒著,赵和平、印螺译　59.00 元
82.《抗争政治》,[美]C. 蒂利、S. 塔罗著,李义中译　28.00 元
83.《亚当·斯密的政治学》,[英]D. 温奇著,褚平译　21.00 元
84.《怀旧的未来》,[美]S. 博伊姆著,杨德友译　85.00 元
85.《妇女在经济发展中的角色》,[丹]E. 博斯拉普著,陈慧平译　30.00 元
86.《风景与认同》,[美]W. J. 达比著,张箭飞、赵红英译　68.00 元
87.《过去与未来之间》,[美]H. 阿伦特著,王寅丽、张立立译　58.00 元
88.《大西洋的跨越》,[美]D. T. 罗杰斯著,吴万伟译　108.00 元
89.《资本主义的新精神》,[法]L. 博尔坦斯基、E. 希亚佩洛著,高铦译　58.00 元
90.《比较的幽灵》,[美]B. 安德森著,甘会斌译　79.00 元

第十批书目

91.《灾异手记》,[美]E. 科尔伯特著,何恬译　25.00 元

92.《技术与时间:3. 电影的时间与存在之痛的问题》,
[法]B. 斯蒂格勒著,方尔平译 65.00 元
93.《马克思主义与历史学》,[英]S. H. 里格比著,吴英译 78.00 元
94.《学做工》,[英]P. 威利斯著,秘舒、凌旻华译 68.00 元
95.《哲学与治术:1572—1651》,[美]R. 塔克著,韩潮译 45.00 元
96.《认同伦理学》,[美]K. A. 阿皮亚著,张容南译 45.00 元
97.《风景与记忆》,[英]S. 沙玛著,胡淑陈、冯樨译 78.00 元
98.《马基雅维里时刻》,[英]J. G. A. 波考克著,冯克利、傅乾译 108.00 元
99.《未完的对话》,[英]I. 伯林、[波]B. P. -塞古尔斯卡著,
杨德友译 65.00 元
100.《后殖民理性批判》,[印]G. C. 斯皮瓦克著,严蓓雯译 79.00 元

第十一批书目

101.《现代社会想象》,[加]C. 泰勒著,林曼红译 45.00 元
102.《柏拉图与亚里士多德》,[美]E. 沃格林著,刘曙辉译 78.00 元
103.《论个体主义》,[法]L. 迪蒙著,桂裕芳译 30.00 元
104.《根本恶》,[美]R. J. 伯恩斯坦著,王钦、朱康译 78.00 元
105.《这受难的国度》,[美]D. G. 福斯特著,孙宏哲、张聚国译 39.00 元
106.《公民的激情》,[美]S. 克劳斯著,谭安奎译 49.00 元
107.《美国生活中的同化》,[美]M. M. 戈登著,马戎译 58.00 元
108.《风景与权力》,[美]W. J. T. 米切尔著,杨丽、万信琼译 78.00 元
109.《第二人称观点》,[美]S. 达沃尔著,章晟译 69.00 元
110.《性的起源》,[英] F. 达伯霍瓦拉著,杨朗译 85.00 元

第十二批书目

111.《希腊民主的问题》,[法]J. 罗米伊著,高煜译 48.00 元
112.《论人权》,[英]J. 格里芬著,徐向东、刘明译 75.00 元
113.《柏拉图的伦理学》,[英]T. 埃尔文著,陈玮、刘玮译 118.00 元
114.《自由主义与荣誉》,[美]S. 克劳斯著,林垚译 62.00 元
115.《法国大革命的文化起源》,[法]R. 夏蒂埃著,洪庆明译 38.00 元
116.《对知识的恐惧》,[美]P. 博格西昂著,刘鹏博译 38.00 元
117.《修辞术的诞生》,[英]R. 沃迪著,何博超译 48.00 元
118.《历史表现中的真理、意义和指称》,[荷]F. 安克斯密特著,周建漳译 58.00 元
119.《天下时代》,[美]E. 沃格林著,叶颖译 78.00 元
120.《求索秩序》,[美]E. 沃格林著,徐志跃译 48.00 元

第十三批书目

121.《美德伦理学》,[新西兰]R. 赫斯特豪斯著,李义天译 68.00 元
122.《同情的启蒙》,[美]M. 弗雷泽著,胡靖译 48.00 元
123.《图绘暹罗》,[美]T. 威尼差恭著,袁剑译 58.00 元
124.《道德的演化》,[新西兰]R. 乔伊斯著,刘鹏博、黄素珍译 65.00 元
125.《大屠杀与集体记忆》,[美]P. 诺维克著,王志华译 78.00 元
126.《帝国之眼》,[美]M. L. 普拉特著,方杰、方宸译 68.00 元
127.《帝国之河》,[美]D. 沃斯特著,侯深译 76.00 元
128.《从道德到美德》,[美]M. 斯洛特著,周亮译 58.00 元
129.《源自动机的道德》,[美]M. 斯洛特著,韩辰锴译 58.00 元
130.《理解海德格尔:范式的转变》,[美]T. 希恩著,邓定译 89.00 元

第十四批书目

131.《城邦与灵魂:费拉里〈理想国〉论集》,[美]G. R. F. 费拉里著,刘玮编译 58.00 元

132.《人民主权与德国宪法危机》,[美]P. C. 考威尔著,曹晗蓉、虞维华译 58.00 元

133.《16 和 17 世纪英格兰大众信仰研究》,[英]K. 托马斯著,芮传明、梅剑华译 168.00 元

134.《民族认同》,[英]A. D. 史密斯著,王娟译 55.00 元

135.《世俗主义之乐:我们当下如何生活》,[英]G. 莱文编,赵元译 58.00 元

136.《国王或人民》,[美]R. 本迪克斯著,褚平译(即出)

137.《自由意志、能动性与生命的意义》,[美] D. 佩里布姆著,张可译 68.00 元

138.《自由与多元论:以赛亚·伯林思想研究》,[英]G. 克劳德著,应奇等译 58.00 元

139.《暴力:思无所限》,[美]R. J. 伯恩斯坦著,李元来译 59.00 元

140.《中心与边缘:宏观社会学论集》,[美]E. 希尔斯著,甘会斌、余昕译 88.00 元

第十五批书目

141.《自足的世俗社会》,[美]P. 朱克曼著,杨靖译 58.00 元

142.《历史与记忆》,[英]G. 丘比特著,王晨凤译 59.00 元

143.《媒体、国家与民族》,[英]P. 施莱辛格著,林玮译 68.00 元

144.《道德错误论:历史、批判、辩护》,

［瑞典］J. 奥尔松著，周奕李译　58.00 元

145.《废墟上的未来：联合国教科文组织、世界遗产与和平之梦》，［澳］L. 梅斯克尔著，王丹阳、胡牧译　88.00 元

146.《为历史而战》，［法］L. 费弗尔著，高煜译（即出）

147.《语言动物：人类语言能力概览》，［加］C. 泰勒著，赵清丽译（即出）

148.《我们中的我：承认理论研究》，［德］A. 霍耐特著，张曦、孙逸凡译　62.00 元

149.《人文学科与公共生活》，［美］P. 布鲁克斯编，余婉卉译（即出）

150.《美国生活中的反智主义》，［美］R. 霍夫施塔特著，何博超译　68.00 元

第十六批书目

151.《关怀伦理与移情》，［美］M. 斯洛特著，韩玉胜译　48.00 元

152.《形象与象征》，［罗］M. 伊利亚德著，沈珂译　48.00 元

153.《艾希曼审判》，［美］D. 利普斯塔特著，刘颖洁译（即出）

154.《现代主义观念论：黑格尔式变奏》，［美］R. B. 皮平著，郭东辉译（即出）

155.《文化绝望的政治：日耳曼意识形态崛起研究》，［美］F. R. 斯特恩著，杨靖译（即出）

156.《作为文化现实的未来：全球现状论集》，［印］A. 阿帕杜拉伊著，周云水、马建福译（即出）

157.《一种思想及其时代：以赛亚·伯林政治思想的发展》，［美］J. L. 彻尼斯著，寿天艺、宋文佳译（即出）

158.《人类的领土性：理论与历史》，［美］R. B. 萨克著，袁剑译（即出）

159.《理想的暴政：多元社会中的正义》，[美]G. 高斯著，范震亚译（即出）
160.《荒原：一部历史》，[美]V. D. 帕尔马著，梅雪芹译（即出）

有关“人文与社会译丛”及本社其他资讯，欢迎点击 www. yilin. com 浏览，对本丛书的意见和建议请反馈至新浪微博@译林人文社科。